SHANGHAI LITERATURE & ART PUBLISHING GROUP

故事会
精品系列

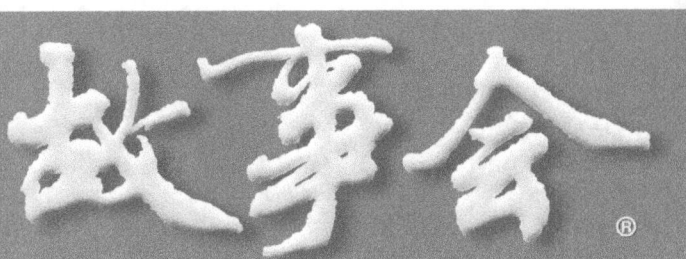

恩仇故事

I0516999

上海锦绣文章出版社
上海故事会文化传媒有限公司

上海文艺出版（集团）有限公司

图书在版编目（CIP）数据

恩仇故事 《故事会》编辑部编 – 上海：上海锦绣文章出版社
（故事会精品系列） ISBN 978-7-5321-1857-1
Ⅰ．①恩…Ⅱ．①故…Ⅲ．①故事 作品集 中国 当代 Ⅳ．I247.8
中国版本图书馆 CIP 数据核字 (2001) 第 035950 号

丛 书 名：故事会精品系列

书　　名：恩仇故事

主　　编：何承伟

编　　委：何承伟　吴　伦　姚自豪　夏一鸣

责任编辑：刘迎曦　鲍　放

装帧设计：王　伟

责任督印：张　凯

出　　　　版：　上海锦绣文章出版社

　　　　　　　　上海故事会文化传媒有限公司

POD 海外发行：　中国图书进出口上海公司

　　　　　　　　电话：021–36357888

　　　　　　　　传真：021–36357896

　　　　　　　　地址：上海市虹口区广中路 88 号

　　　　　　　　邮编：200083

目　　录

山 村 恩 仇 记

以怨报德的人应该是人类的公敌,他对待人类可能比他对待自己的恩人还要恶毒。

山村恩仇记

乐 极 生 悲

这个故事发生在四十多年前的皖南山区。山民胡继生进城办完事,天色已晚,回家的末班车开走了,胡继生回家心切,便甩开大脚,徒步朝家里赶去。一路走得急,越走越热,为了提神,胡继生从兜里掏出支卷烟,叼在嘴上,又摸出火柴,"嗤"地划着点上。就在这时,他的右脚踝"嗞"地被什么东西扎了一下,几乎同时,一阵火烧火燎般的疼痛传遍了全身,疼得他"啊"地大叫一声,冒出一身冷汗。他本能地朝脚下一望,啊呀! 皎洁的月光下,一条一米多长的毒蛇正慢悠悠地往路边游去。山区长大的胡继生一眼就看清了,这是一种极毒的蛇,叫"五步龙",人一旦被它咬了,走不出五步就会休克。天!这里前不着村,后不靠店,连个人影都不见,如何是好?

胡继生"咚"地跌坐在地上,他使劲从衣服上撕下一条布,哆哆嗦嗦地往小腿肚上系。此时,小腿已像吹了气似的肿起来,还没待包扎好,胡继生感到一阵胸闷,人慢慢地昏迷了过去。

就在这人命关天之时,灌木林中走出一个小青年来,他几步奔到胡继生面前,看了看,便从腰后抽出把砍刀,抬起胡继生的右腿,在两个毒蛇牙痕间狠狠地划了一刀,接着俯下身,使劲吮着汩汩外冒的血水,吮一口,吐一口,吐一口,吮一口。这样折腾了几分钟后,才用布条将胡继生的小腿箍住,然后使劲背起胡继生,摇摇晃晃地往山下走去。

山路漫漫,十几里山路足足走了两个多小时,胡继生被送进了卫生院。大夫一检查,连连摇头,赶紧转县医院,直接将他送上了手术台——为了保住性命,只有截肢了!

胡继生的命终于保住了,但右腿却永远失去了,他的未婚妻听说他成了残疾人,头也不回地走了。

这还不算。一阵忙乱过后,胡家想到了那救命恩人,他是谁呢?经四处查找,终于把他找到了。但胡继生的父亲胡明杰代表儿子去上门致谢时,却怔住了,想不到救命恩人竟是横山岭唯一的地主查翰祥的独生儿子查小龙!

已从医院回了家的胡继生说:"爹,不管怎样,人家救了我的命,总该上门谢谢嘛。""你懂个屁!他是地主崽子,我是贫协主席,水火不相容,这可是立场问题!"胡明杰一边训斥儿子,一边想着自己的心事。

过了几天,胡明杰试探地问儿子:"你后半辈子怎么打算?""我……"胡继生痛苦地摇摇头,说不出话来。

胡明杰叹了口气:"唉!我和你妈总不能一辈子侍候你呀,我给你想个办法吧。"他凑到儿子耳边,如此这般说了一番。胡继生听了大惊失色:"使不得。爹,这伤天害理呀!"

"你这个傻蛋。"胡明杰扇了儿子一个耳光,愤愤地骂道:"那你就给我滚!自己谋生去,我们不管了!"

恩 将 仇 报

隔天,胡明杰带着村治保主任、民兵营长等一大帮人,踏进了地主分子查翰祥的家。查翰祥第一次接待这么多"高贵"的客人,吓得战战兢兢,手足无措。

胡明杰没睬老地主,他直奔查小龙,开门见山地说:"你再说一说那天晚上的事!"

查小龙赶紧道:"胡大爹……"

胡明杰一摆手:"别套近乎,你什么意思?"

查小龙身子微微颤了一下,立刻意识到了自己的身份,忙改口说:"报告贫协主席,那天晚上我有事外出……"

治保主任突然杀出一句:"你外出向谁请假了?"

"我、我没有……"

胡明杰脸上掠过一丝阴笑,一本正经地问:"你这个地主的孝子贤孙胆可够大的,老实交代,干什么去了!"

汗水立刻从查小龙的额头冒出。他不是不知道村里的规矩,他们一家外出是一定要请假的,但是那天晚上情况特殊,因为他是和女朋友约会,这怎么说得出口呢?

查小龙尽管一表人才,但因为是地主子弟,所以没有哪个姑娘愿意嫁给他。女人,对他来讲,是天上的月亮,看得见,摸不着。许多天前的一个早晨,查小龙请假去山外卖柴。那天,雾挺重,一团一团的在他身前身后飘来飘去。拐过山角,是一片松林,当查小龙朝松树林望去时,透过白雾,他隐隐约约发觉那里有一个黑色的东西。他愣了一下,预感到什么,忙卸下柴火,一个箭步冲了过去。到了近前一看,见树上吊着一个人,查小龙没顾得多想,举起砍刀,一下子砍断了勾命的绳索。那人"噗"地落在地上。查小龙扶起那人,这才发现是个满俊俏的姑娘!

查小龙探探姑娘的口、鼻,发觉还有热气,于是他坐在一边静静地等待。约摸一袋烟的工夫,姑娘渐渐苏醒了,她缓缓坐起,看看四周,自言自语地问:"我这是在哪里?"

查小龙忙上前说:"大妹子,这是红枫山!"

姑娘一惊,紧张地问:"你、你是谁?"

"我、我是——"查小龙不知怎么回答,"大妹子,你干吗这么想不开,唉!"说罢,摇摇头,背上柴火,准备继续赶路。

姑娘捡起被砍断的绳索,看了看,才明白自己仍活在世上,忍不住号啕大哭起来。

查小龙有些放心不下,又放下柴火,返身回来开导姑娘:"大妹子,俗话说:没有迈不过的火焰山。你要想开些。"

姑娘止住泪,望了望查小龙,向他说起了自己的不幸。

姑娘是金鸡岭的,叫何秀姑。秀姑的出身和查小龙一样,也是个地主子女。虽然她拼命地干活,想以汗水洗刷掉自己身上的剥削阶级烙印,但人们仍不肯宽恕她。秀姑想嫁个清清白白的人家,好以此结束自己受歧视的处境,可是没有人愿意娶她。大前天的黄昏,五十多岁的老村长破天荒地来到她家,色迷迷地盯着秀姑问她爹:"听说你们秀姑要寻婆家?"秀姑爹唯唯诺诺。村长淫笑着说:"你们家的姑娘谁敢要? 这样,嫁给我吧!"全家人一时都惊呆了,秀姑爹忘了自己的处境,当时就一口回绝了。可是胳膊扭不过大腿,那天夜里,村长竟用暴力强奸了秀姑。

秀姑万念俱灰,哭着跑出家门,她漫无边际地走着,最后来到这里上吊。秀姑的不幸遭遇,引起了查小龙极大的同情。他反复劝着秀姑,自己也落下了眼泪。秀姑知道查小龙出身也不好,不由大着胆子说道:"小龙哥,你要不嫌弃,咱们两个……"

查小龙一震,共同的处境和遭遇,让他们忘记了周围的一切,紧紧相拥在一起……

以后,查小龙便经常和秀姑约会,那晚他们分手回家时,查小龙猛地发觉山道上有人走动,吓得他赶紧躲了起来,没想到正巧碰上胡继生遭蛇咬。眼下,面对胡明杰的逼问,查小龙只能低头不语,这事决不能连累秀姑!

胡明杰等了一会,终于冷笑一声,一字一句地说:"查小龙,那天晚上你私自出村,偷砍山林,陷害解放军战士……"

"没有,我绝对没有!"

胡明杰不让查小龙说下去,一使眼色,治保主任和民兵营长扑上来,三下五除二将查小龙捆起来,将他送到了县公安局。

羊 入 虎 口

查小龙进了监狱,胡继生却成了英雄!

不久省报刊登了长篇通讯《惊心动魄的阶级较量》,报道说:山民胡继生在归家途中发现地主崽子查小龙破坏集体山林,于是挺身而出,严词怒斥。查小龙先是以金钱收买,胡继生愤怒地将钱打掉,后来查小龙凶相毕露,拔刀砍向胡继生,又放出事先准备好的毒蛇……胡继生被抢救醒来后的第一句话就是:"坏人抓到没有?山林破坏没有?"

到处请胡继生作报告,乡里还按月给他发放补助金。公安局根据有关人员的证言,又验证了物证——那把沾有胡继生血迹的砍刀,最后决定对查小龙实行逮捕。

这一切,秀姑还都蒙在鼓里。查小龙出事后,秀姑曾几次去红枫山等心上人,可等到天明也没见查小龙的影子。以后,才听说查小龙已被逮捕。秀姑如雷击顶,悲痛欲绝,她怎么也不相信查小龙会搞阶级报复,毕竟出事那天自己一直在他身旁呀。秀姑考虑良久,毅然来到胡明杰家里,她要问个究竟。

胡明杰正在劈竹篾,见一年轻姑娘进来,不觉有些奇怪,忙问:"你找谁?""找你!""找我?什么事?""我想为查小龙求情。"

胡明杰把脸一沉,怒声喝道:"为那个地主崽子求情?你是他什么人?"秀姑脸一红,但还是轻轻回答:"未婚妻!"胡明杰吃了一惊:"咦,我怎么不知道,你……"

秀姑简单地介绍了一下自己的身世以及和查小龙相识的经过,随后便求胡明杰能网开一面,将查小龙保出来。

胡明杰一边听着秀姑的解释,一边心里打着主意:这送上门来的俏姑娘,说什么也不能让她飞走!胡明杰定定神,故意严肃地说:"查小龙搞阶级报复,他犯的是死罪,这是永远翻不了的铁案!只要我们家属提出来,他就得挨枪子,成为千古罪人!"

秀姑惊得浑身颤抖起来,连声哀求道:"大伯,求求你,千万不要上告!他是好人,他肯定是无辜的呀!"

胡明杰见目的即将达到,才不慌不忙地说:"当然喽,要救他也容易,不过,你得答应我一件事!"

秀姑忙点头:"行,行!只要你们别杀了他。"

"痛快!"胡明杰放声大笑,"其实是件好事,从今儿起,你给我家继生做老婆吧!"

秀姑闻听,惊得大叫起来:"不!我不干!"

胡明杰见秀姑不答应,气得大骂起来:"混蛋!不识抬举的东西,你这个地主崽子,若是前些日子,送上门,我们还不要呢!不答应?好,你滚!滚!你他妈前脚出去,后脚我就派人去公安局,让查小龙那王八羔子挨枪子!"

"不!你不能这样!老天有眼,你要遭报应的呀!"秀姑的心像被万把钢刀乱戳。她知道胡明杰这是趁人之危,落井下石,但她更知道,查小龙的性命就捏在胡明杰手里,自己真要不答应,这个披着人皮的畜生是说得出、做得到的。一时间,秀姑的头脑像一团乱麻,搅得她麻木了。

胡明杰趁这空隙,溜进了儿子的房间,轻轻地对胡继生说:"娃,怎么样?送上门的大仙女啊!"

胡继生望望堂屋里的秀姑,产生了一种青春的骚动。前些日子,他的良心也不时受到自责,自己毕竟是在做一桩伤天害理的事呀。但随着时间的流逝,在父亲的百般开导和荣誉的引诱下,他慢慢地泰然了。人不为己,天诛地灭,为了自己的前程、幸福,他终于丧失了人性,点点头,说:"您看着办吧!"

胡明杰走到秀姑面前,强拉起她,一直把她拖到继生的房中,气喘吁吁地问:"说!你到底答不答应?"秀姑痛苦地摇摇头:"贫协主席,我是查小龙的未婚妻啊!"

胡明杰可真是气坏了,他疯狂地用双手揪住秀姑的头发,往墙上撞去,边撞边骂:"查小龙!查小龙!我叫你不忘查小龙!告诉你,你再不答应,我就喊人,说你引诱我儿子,哼,那时,叫你和查小龙一块挨枪子……"

秀姑被撞懵了。她思来想去,为了救查小龙,她只能牺牲自己了。于是咬咬牙,流着泪说:"好,我……我答应,不……不过,你们也得答应、答应我一件事。"

胡明杰一听大喜过望,连声说:"行,行!什么事?"

秀姑说:"你们一定要放了查小龙!"

胡明杰思忖了一下,嗫着牙说:"这嘛,我可没权放人。这样吧,我去给公安局打个招呼,就说我们受害家属不追究责任,这可以了吧?"

秀姑这才作罢,她理了理衣服,欲往外走。胡明杰手一拦:"哪去?""我先回家告诉一下我妈。""不必了,我会叫人告诉的。今晚上你们就把事办了!"

捆 绑 夫 妻

秀姑的婚事从一开始就蒙上了阴影,因为洞房之夜,她没有见红。胡继生愤怒地打她,咆哮地逼问:"说,你和谁搞的?"秀姑不语,胡继生抄起木棍,劈头盖脸又是一通乱打,打累了,又问。秀姑被折磨得死去活来,最后只好说出了被村长强奸的事。胡继生听罢,竟半天没言语,眼中露出骇人的凶光,冷冷地说:"咱们走着瞧!"

不久,县里来了通知:查小龙以偷盗集体财产罪、反革命阶级报复罪,被判处无期徒刑。消息传来,秀姑哭成个泪人,她知道自己上了胡家的当,但生米已经煮成熟饭,她只能认命了。

几天后,秀姑战战兢兢地提出要去探监。胡继生刚要发火,却被胡明杰拦住了:"人之常情,去就去嘛!秀姑,把竹笋炒点,带给小龙。监狱里伙食差,唉……"

胡继生见爹说这话,一时间丈二和尚摸不着头脑,问:"爹——"

胡明杰瞪了儿子一眼:"你懂个屁!"

秀姑高高兴兴地乘车,步行,边走边打听,终于来到百里之外的劳改农场。她说明了来意,管教干警进去后又出来,对秀姑说:"姑娘,对不起,查小龙不见你!"

秀姑哭了,她一定要见查小龙,向心上人诉说自己的苦衷,求得查小龙的宽恕。

管教干警挺同情她,又进去好半天,出来后摇着头说:"查小龙坚决不见你,并说让你忘掉他,今后不要再来了!"

秀姑哪里知道,胡明杰早就让人把秀姑和胡继生结婚的事告诉了查小龙,并说是秀姑主动找上门的。这样一来,既让查小龙痛恨秀姑,也让秀姑从此死了心。

从这天起,秀姑慢慢变得麻木不仁了。婚后不久,金鸡岭的村长和贫协主席被胡明杰父子请到横山岭。落座后,胡继生开门见山问村长:"知道我请你来干什么吗?"村长心中有鬼,满脸赔笑:"大侄子娶了我们村的秀姑姑娘,咱们就是亲戚了。"

胡继生"啪"地一拍桌子:"少他妈充愣!我问你,你对秀姑……"

村长尴尬万分,嗫嚅了半天,才打着哈哈说:"你、你看,过去、过去她不是被专政对象吗?她、现在是,是咱无产、产阶级的人了,你借我三个胆儿,我也不敢。大侄子有啥要求,你尽管提。"

胡继生早就没了什么羞耻感,黑着脸伸出三个手指:"给300块吧!"

"啊,这么多?"那个年代,300块是个不小的数字了。

金鸡岭的贫协主席忙站起来打圆场:"继生同志,你是全省的英雄,大人不记小人过,你高抬贵手,150吧!"

胡继生眉头皱皱,想了想,说:"好,给贫协主席个面子,150。不过,今晚这顿酒钱得你村长掏!"

村长点头如鸡啄米:"行!行!"

一笔交易做完,四个男人围桌而坐,大吃大嚼起来。

不一会,由于酒精的刺激,四个男人是无话不谈,山村轶事,鸡鸣狗盗,天南海北一通乱扯。

酒至半酣,胡继生从屋里拄着拐杖出来,径直进了屋旁的杂物间。秀姑正端着一盘菜过来,无意中朝杂物间一望,不由愣住了,差一点惊叫出声。昏黄的电灯光下,只见背对着门的胡继生手里攥着条小银环蛇,正小心翼翼地把它塞进一截细竹筒里。他要干什么?秀姑心头闪过一丝不祥,但她不敢声张。她被打怕了。

酒宴还在继续。胡继生回来,仍挨着村长坐了下来。他的褂子放在了身边的椅子上,秀姑已揣摸出那截竹筒就藏在褂子里,她紧张得不知所措,赶紧退了下去。

突然,胡继生高声喊:"秀姑!秀姑!"秀姑忙从灶间跑出来,问:"什么事?"

胡继生指着一碗豆腐,吼道:"你他妈做的什么菜,成心不让老子吃啊!"秀姑还没待还嘴,只见白光一闪,一碗豆腐已砸到她的头上。村长和贫协主席见主人发火,忙在一边相劝:"哎呀,继生,别生气。算啦,算啦。"秀姑含着泪弯腰收拾地上的碎片,她大着胆子朝胡继生望去:只见胡继生悄悄地将竹筒对准了村长的小腿肚……

金鸡岭村的村长,在胡继生家喝完酒后,死在半路上。他家里的人问同去的贫协主席,贫协主席说:"我们一直在一起喝酒。他这是急症!"

秀姑得到消息,怔怔地说不出话。自己天天和一个杀人魔鬼生活在一起,她好怕。可是一个弱女子,举目无亲,她能到哪里去告状?如果斗胆把真相说出来,她一个地主子女的话,又有谁能相信?

劫 后 重 逢

时光荏苒,二十年过去了。

二十年里,秀姑曾几次去劳改农场,可每一次都吃了闭门羹。五年前,管教干警告诉她,查小龙已平反释放了,至于他去了哪里,他们也说不清。秀姑心中的支柱没了,她更茫然了。

二十年里,秀姑生下了两子两女。可悲的是:四个子女都和她亲近不起来。因为他们的爷爷、爸爸时时向他们念叨秀姑作风不好,再加上秀姑沉默寡言,更加深了和子女间的隔阂。

到了八十年代初,国家给地主、富农摘了帽子,许多人开始扬眉吐气,但秀姑在家庭的地位却更加低下了。胡继生长年不劳动,过着衣来伸手、饭来张口的舒适日子,秀姑侍候得稍慢些,就会遭到胡继生和儿女们的责骂。

这一天,山外传来一个消息,断了香火多年的龙恩寺又兴旺起来了,而且过几天还要举行开光仪式。乡亲们纷纷相约去寺里烧香拜佛,秀姑常叹自己命苦,听了这消息也动心了,在姐妹们的怂恿下,她大着胆子走出门外。

龙恩寺距横山岭十几里,开光那天,几千人汇集寺庙,好不热闹。开光仪式后,秀姑买了把香,进大雄宝殿给神佛进香。殿前,青烟袅袅,十几个身着灰衣的小沙弥热情地为善男信女们服务,大殿门旁,站着一个穿红黄色袈裟的和尚,人们说,那就是龙恩寺的住持恒文大师。

秀姑诚心诚意地进了香,向神灵祈祷:望神灵保佑查小龙平安;保佑她下一辈子投个好人家! 祈祷完又捐了 5 元香火钱,这才恋恋不舍地离开。经过恒文大师身边时,她双手合十,默默地对大师顶礼膜拜。礼毕,抬起头来看了看大师,这一看不要紧,秀姑人像过了电,身子不由自主地颤抖起来。怎么呢? 她看到这恒文大师不是别人,正是她苦苦想了二十年的查小龙!

秀姑怕眼花认错人,又仔细打量起来。此时,恒文大师正微闭双目,双手捻佛珠,口中喃喃地读着经文。秀姑为了慎重,又转到大师身后。她一下就看见大师右耳轮背面一红一黑两颗小米粒大的痣。啊,千真万确,他就是查小龙! 秀姑激动地一把拉住恒文大师,叫道:"小龙! 小龙! 你让我找得好苦呀!"

恒文大师身子微微一颤,睁开双眼,打量了一下秀姑,眼中透出漠然的目光,平静地说:"女施主,贫僧法号恒文,你认错了人!"怎么,不肯认我? 秀姑急了,嚷嚷道:"小龙,你有没有良心? 二十年,我找了你二十年!"恒文大师呢,仍无动于衷,又微微闭上眼睛,默念起经文。几个小沙弥上来,边拉秀姑边说:"女施主,你认错人了,快回去吧。"

秀姑恍恍惚惚地回到家,饭不吃,茶不饮。龙恩寺的奇遇,仿佛是--场梦,可又不是梦,是实实在在的劫后重逢。她想不通,查小龙怎么成了和尚？她更想不通,查小龙怎么会不认她!

那么,恒文大师是查小龙吗？是的。二十年前,查小龙蒙冤入狱,在他还没弄明白这一切是怎么发生的时候,父母又告诉他一个令他肝肠寸断的消息:自己心爱的姑娘秀姑已做了仇人的妻子!他绝望了,几度自杀,均被管教干警发现,及时抢救过来。

几年后,劳改队里又关进来一个老和尚隆明大师。他的罪名是传播封建迷信。那年,隆明已七十多岁,虽身板硬朗,终是古稀老人。查小龙心底善良,尽量照顾他,慢慢地两人的话语多了起来。看到查小龙整天愁眉苦脸,隆明劝道:"国家有劫,况乎小民,安之若素,静待光明!"闲暇时,隆明就给查小龙讲佛学,从释迦牟尼到达摩,从南慧北神到佛教的昌盛与国家的繁荣。渐渐地,查小龙迷上了佛学。

一天夜里,查小龙兴奋地告诉隆明:"师父,我听管教叨唠,您就要出狱啦!"隆明听了并不激动,默默想了半天,缓缓说道:"小龙,三天后的此时我就要圆寂,我看你很有悟性,若你有志,以后不妨皈依佛门,修成正果。"查小龙又惊又疑,问:"师父,我这辈子已交待在这儿了,哪有机会再皈依佛门啊?"隆明摇摇头,念出一偈:"苦海非无边,只缘未到时,蛟龙出海日,光明洒神州。"念罢,隆明从嘴里抠出一物,放在掌心。查小龙定睛一看,是块五色斑斓的骨头:"师父,这是——"隆明严肃地说:"舍利子! 龙恩寺传世之宝! 你是有根基的,我为你取法号恒文。"

三天后的半夜,查小龙眼睁睁看着隆明大师无疾而终,更信服了佛教,从此皈依佛门。

粉碎"四人帮"后,查小龙终于获得平反。出狱后,他即来到龙恩寺,经过多方努力,终于圆了给神佛重塑金身的夙愿。没想到今日竟意外地遇到了秀姑。

再说秀姑，苦苦找了查小龙二十年，今日终于找到，岂能由他不认就完结了？第二天天不亮，她又匆匆赶到了龙恩寺，龙恩寺山门紧闭，秀姑举起拳头，使劲擂打。

一沙弥开门，问："女施主，有何见教？"秀姑说要见恒文大师。沙弥急急去通报，又匆匆出来说："大师说了，不见！"秀姑说："他若不见我，我就跪在这儿不走！"说罢，"咚"地跪在地上，一边哭一边诉说自己二十年的不幸。沙弥进进出出，出出进进，最后拿着一张纸出来，对秀姑说："大师赐你一偈，回去吧！"

秀姑说："我不识字！"

沙弥念道："六根皆清净，处处无烦恼；情缘既已断，何不乐逍遥。"

秀姑似懂非懂，但有一点她明白，查小龙是绝不会再认她了。顿时五内俱焚，一路哭着回到家里……

遗 恨 人 生

秀姑到龙恩寺认亲的事传到横山岭后，胡明杰、胡继生父子是暴跳如雷，破口大骂。几个儿女也阴沉着脸，像家里死了人似的，他们都觉得胡家这次是栽了大跟头，丢了大脸面。

这天，到了吃中午饭的时候，儿女们从地里回来，见秀姑仍坐在屋前的石凳上发呆，灶没烧，饭没做。大儿子怒道："你这是干什么？"秀姑的泪水潸然而下："强儿，你怎么能这样跟妈说话？""妈，谁是妈？你这个不要脸的骚货，竟敢跟和尚去偷情，有你这样的妈，我们胡家真倒了大霉。"秀姑闻听，真好比给人打了一记闷棒，一时间眼冒金星，浑身打颤："你、你这个不孝儿……"大儿子顿时暴跳如雷，抡起巴掌"啪"扇了秀姑一个大耳光。

秀姑"啊"了一声。她没想到，儿子居然也这么打她了。她

"呼"地站起,揪住大儿子,要和他拼命。这一拉一扯不要紧,惊醒了正在屋内闭目养神的胡继生,"找死啊,找死啊!"他骂骂咧咧:一瘸一拐地走出来,用木拐顿着地招呼儿女:"你们给我打这个不要脸的养汉婆子!"

这时胡明杰也赶了过来,见几个孙儿、孙女还愣着,不由铁青着脸喊着:"还不动手? 打,给我朝死里打,打死了我去赔命!"

素来认为母亲作风不正的儿女们,此时一拥而上,拳打脚踢,足足打了二十多分钟,直到秀姑昏死过去了才住手。

是夜,月明星稀。秀姑悠悠地醒来,二十年的往事一幕幕在眼前闪过。她想到和查小龙幸福的约会;想到胡明杰父子迫害查小龙、逼她为媳的恶行;想到胡继生毒杀村长的凶残;想到这些年自己在胡家挨打受骂的生活……此时,她已没了眼泪,心中唯有仇恨。她恨胡明杰,恨胡继生,恨这个家! 秀姑再也不愿想下去了,她就着月光,从门外摸出砍刀,蹑手蹑脚地来到房内。

胡继生睡得正香甜。秀姑千仇万恨齐聚心头,她举起砍刀,刚要用力砍下去,心头忽然一紧,又缓缓地放下。杀人! 自己要杀人,太可怕了! 正在这时,胡继生翻了个身,在梦中恶狠狠地喊:"打、打……"怒火又一次蹿上秀姑的心头,她又一次举起砍刀,闭起眼,咬着牙,狠狠地向胡继生脑袋砍下去。

"啊——"胡继生大叫了一声,"腾"地从床上坐起。此时秀姑已红了眼,一下、两下、三下……她手里的砍刀拼命向胡继生身上砍去……

全家人被惊醒了,胡明杰一见这惨景,吓得怪叫一声,拔腿想逃,可是由于极度的恐惧,一时竟愣在那里动弹不得。秀姑又是一阵冷笑,举着血淋淋的砍刀,冲向了胡明杰……

(范大宇)

两 代 人 恩 怨

正如恶劣的品质可以在幸运中暴露一样，最美好的品质也正是在厄运中被显示的。

两代人恩怨

夜　半　枪　声

　　大青山,山高林密,人烟稀少。六十年代中期,水库工程上马之后,这里才变得热闹起来。水库工地大约有三十多名管理人员,余下的便是那些"只准老老实实,不准乱说乱动"的"牛鬼蛇神"或他们的子女。这些人白天在工地劳动,夜晚就在附近一座废弃的破庙里住宿,这里实行军事化管理。

　　这天晚上,夜深人静,突然"砰"地一声枪响,所有的人从梦中惊醒,一个个从床上爬起来,跑出门外一看:只见月光下,从伙房里冲出一男一女两个人,没命地朝大青山上跑去,很快就不见了踪影。

头儿们弄不清究竟发生了什么事,冲进伙房一看,傻了眼:工地总指挥赵大奎脑门上中了一枪,倒在血泊之中,手里还紧紧地抓着那支形影不离的小手枪。总指挥被杀,这还了得!于是立即打电话向上级汇报。上级当即采取了紧急措施:动员一切力量,严密封锁大青山,一定要抓住那两个凶手!

一声令下,各个大队立即行动,男女老少倾巢而出,每隔几丈路烧一个火堆,把偌大一座大青山围了个严严实实。

水库工地更紧张,每个班都在清点人数,最后终于查出少了一男一女两个人。男的叫林正伟,20岁,是清河大队一个富农的儿子;女的叫刘雪倩,19岁,是里山镇上出名的美女,她的父亲是地主。难道真是这两个地富子女枪杀了赵大奎,实行阶级报复?

要知事情的内幕,还得从头说起……

原来林正伟是刘雪倩外婆家的邻居。刘雪倩小时候在外婆家上学,和林正伟是同班同学,青梅竹马,两小无猜,直到初中毕业才分手。以后,又恰巧同时被发配到水库工地,两人在一起互相照应,日子长了,终于成了恋人。

就在这时,赵大奎出任大青山水库工地总指挥。

赵大奎26岁,原是里山镇造反派中的一员干将,整起人来心狠手辣,堪称里山镇上一霸。他对刘雪倩的美貌早已垂涎三尺,但他也知道这姑娘性格刚烈,不容易对付,所以一到工地,就摆出了救世主的样子,立即将刘雪倩从工地调到伙房,只让她卖饭菜票,记伙食账。不用说,这比在工地上整天挖土挑泥轻松得多了。经过一段时间的接触,赵大奎自认为条件成熟了,才在这天晚上跑到伙房里,向刘雪倩求婚。想不到刘雪倩一口拒绝:"赵总指挥,真对不起,我已经有心上人了。"这对赵大奎来说,真像当头一盆冷水,从头凉到脚。心想:我费尽心机,你倒好,三言两语把我给打发了,哼,没这么简单,于是就问:"你说的心上人,他是谁?"刘雪倩显然不想和他谈这个问题,只是笑笑说:"这事我以后告诉你,天晚了,你该走了。"

赵大奎急了,四下一瞧,外面没什么动静,他"啪"地站起来,一步步逼近刘雪倩。刘雪倩一边后退,一边喝问:"你想干什么?""嘻嘻,既然你无情,就休怪我不义,我不想干什么,只想把生米煮成熟饭!"赵大奎说着像饿狼一样扑上去,一把抱住刘雪倩。

刘雪倩万万想不到赵大奎会如此野蛮,她想喊却喊不出声,只得拼命反抗,两人从床上翻到地上,继续扭打……

突然,"咣当"一声,门被推开,冲进一个人来,一把将赵大奎拎起扔到墙角,骂道:"畜生!不要脸的东西!"赵大奎"刷"地站立起来,定了定神,问道:"你是什么人?半夜三更不睡觉,跑这里来干什么?"那人说:"不认识是吗?我叫林正伟。所以不睡觉,是因为知道你要图谋不轨!"赵大奎见是手下的专政对象,不由松了口气,他"呼"地从腰里拔出小手枪,威胁道:"狗崽子,你想翻天是吗?马上给我滚出去,要不然我的枪可不认人!"

刘雪倩见要动武,心里着了慌,忙扑上去抓住赵大奎那只拿枪的手,一边推一边喊:"正伟哥,你快……"话没出口,枪响了,只听"砰"地一声,子弹不偏不倚正巧从赵大奎的脑袋穿过,赵大奎当时就翻了白眼。面对这突如其来的血案,刘雪倩和林正伟都懵了。好久,刘雪倩才叫道:"正伟哥,死人了,我们浑身是嘴也说不清了,快逃吧!"说完,拉起林正伟冲出伙房,奔上大青山。

此刻,他们跌倒了又爬起来,拼命朝山顶上跑,似乎跑上山顶就可以脱险似的。他们气喘吁吁地登上山顶,回头一看:天哪!山下灯火通明,高音喇叭里传出来的喊叫声此起彼伏。显然,大青山已被团团包围,他们是四面楚歌,插翅难逃了。

面对这样的处境,林正伟不无凄楚地说:"雪倩,我们的路已经走完啦!"刘雪倩不觉打了个寒颤,但她还是平静地说:"好啊,既然路已走完,那就坐下好好歇歇吧,我真累了。"

两人在一块大青石上坐了下来,望望山下的灯火,又望望天上的月亮,谁也不说话。好久,刘雪倩问道:"正伟哥,你在想什么呢?是想爸爸妈妈了吗?还是……"林正伟摇摇头:"雪倩,你想过吗?人总是要死的,要是生不如死,那么死倒也是一种解脱。"刘雪倩见心上人越说越悲观,忍不住劝道:"生死由天,别谈了好不好?你感觉到了吗?现在山上就我们两个人,多么宁静,谈点心里话好不好?""好啊。我心里一直爱着你,但我听人说,漂亮是女人的资本,你是里山镇上出了名的美女,完全可以利用自己的优势去改变处境,我不能为了我自己而毁了你的前程。"林正伟说出了埋在心底的话。

刘雪倩十分激动:"既然这样,那你就娶我吧!正伟哥,咱们已经没有明天了,但今夜还是属于我们自己的,我们结婚吧,有了这一夜,死也不遗憾了。你答应我吧,正伟哥!"

林正伟没想到刘雪倩会提出这样的要求,一时不知怎么才好了。他想了好久,突然站起来说:"好吧,咱们在阳间结婚,去阴间度蜜月!"

就这样,这对年轻人在这特殊的环境里举行了奇特的婚礼。他们双双跪在地上,对天盟誓之后,手拉着手,进入了名符其实的"洞房",度过了那奇妙的新婚之夜。

东方发白天放亮,"叭叭叭"一颗颗红色信号弹升上天空,接着是锣声、号声、喇叭声以及人们的呐喊声,大搜捕开始了。刘雪倩一把拉住林正伟来到悬崖边,说:"我们不求同年同月同日生,但求同年同月同日死,走吧,该去阴间度蜜月了。"林正伟突然停住脚步,摇摇头:"雪倩,你想过吗?我昨夜想了许多,我们是无辜的,不能背着黑锅去死,要死也得讲讲清楚再死。"一句话提醒了刘雪倩,她点点头,说:"对,不能便宜了赵大奎,我们得把事情讲清楚!"刘雪倩拉起林正伟的手,坚定地朝山下走去……

生 死 转 换

时间一晃过去了9个月,转眼就到了公元1968年的3月。

这天,大青山水库工地那起轰动一时的所谓"反革命杀人案",几经反复与周折,终于作出了判决:主犯刘雪倩,判处死刑,缓期两年;从犯林正伟,判处死刑,立即执行。

人们觉得奇怪,从犯林正伟被判了死刑,立即执行,而作为主犯的刘雪倩,却只判她"死缓"。是她坦白得好从宽处理呢,还是有人通过关系为她作了开脱? 其实都不是。她之所以能死里逃生,全承老天保佑,她怀孕了! 刘雪倩哪会想到,大青山顶那奇特的新婚之夜,居然给她带来了生的契机。

林正伟对死早有思想准备,判决书下来,他很坦然,并为刘雪倩能活下来而高兴。他别无他求,只求能和刘雪倩见上一面。有关方面出于人道主义的考虑,批准了他的要求,时间是20分钟。

那是行刑前的最后一个晚上,林正伟拖着沉重的镣铐,被带到审讯室里和刘雪倩见面。

刘雪倩的身子已经很笨重,可是,孩子还没出世,丈夫却要永远离她而去。面对日夜思念的丈夫,她心如刀绞,痛苦得说不出一句话来,泪水像断了线的珠子,"刷刷"往下流。

林正伟反倒显得异常平静,他久久地望着刘雪倩,半天才说:"雪倩,别伤心,我想过了,很好,真的很好。我获得了做爸爸的权利,我们不但得到了爱,而且有了孩子,人生最幸福的我都已得到,死也无憾了。"

刘雪倩听了这番话,更加伤心,她想说几句安慰话,可是说什么呢? 只是一个劲地哭。

林正伟抬起戴铐的手,为妻子擦去泪珠,深情地说:"你别哭了,为了我们的孩子,你一定要好好活下去。告诉孩子,我们是无辜的,是冤枉的! 很遗憾,我这做爸爸的已无法尽到应尽的义务,孩子就全拜托你了。"他说着,双膝一弯就跪了下去。

两个刑警上前,架起林正伟离开了审讯室。到了门口,林正伟回头又高声叫道:"雪倩,永别啦,你多保重!"

整整二十分钟一言未发的刘雪倩,突然醒悟过来,失声叫道:"正伟哥——"她面对林正伟远去的背影跪了下去,久久没有站起来。这天晚上,刘雪倩彻夜未眠,连肚子里的孩子也似乎很烦躁,一会儿抡胳膊,一会儿蹬腿,显得极不安宁。

第二天上午,林正伟被押上囚车,驶出监狱大门后,另一辆囚车也载着刘雪倩朝医院急驰而去。也许就在刑场上一声枪响,将林正伟送进另一个世界的同时,医院里"哇"地一声啼哭,一个新的生命来到了这个世界,是个男孩。一个"走"了,一个来了,真是惊心的生死交替呀!

刘雪倩原本是铁了心要和林正伟"同年同月同日死",一道"去阴间度蜜月"的,可现在不行了。她不能扔下孩子。毕竟这是林正伟的血脉,为了孩子,怎么也得活下去。但每当想到孩子的前途时,心里又一阵阵地发冷。死刑犯的后代,等着他的将会是什么样的命运呢? 为此,她常常神思恍惚,整夜整夜地失眠。

一天午后,刘雪倩给儿子喂完奶,正痴痴地望着儿子的小脸发呆,突然,从门外进来一男一女两个警官。男的首先发话:"刘雪倩,你的产假期已满。"他指指身边的女警官,"你立即随这位徐队长到执行单位去服刑,你的孩子马上交给徐队长,由她妥善处理。"

刘雪倩听说要把儿子交出去,不觉浑身一颤。儿子是她身上掉下来的肉,也是她唯一的希望,哪能轻易地交出去? 她紧紧地搂着儿子,低声问道:"报告,能不能让我带着儿子去服刑?"男警官斩钉截铁地说:"不行!"刘雪倩"扑"地双膝跪地,苦苦哀求道:"孩子虽然出身不好,但没有罪,他不能没有妈妈呀! 我求求你们……"那位徐队长扶起刘雪倩,态度温和地说:"刘雪倩,你应该知道,我们监狱是教育、改造人的场所,有严密的监规,带孩子是绝对不行的,那样既不利于你的改造,也不利于孩子的成长。是的,孩子是你的,但也是国家的,我可以告诉你,有一对老干部,他们没有儿女,也愿意收养你的孩子。你放心,这孩子将在革命家庭中生活、成长,自然会有他光明的前途的。"

听了徐队长这番话,刘雪倩不再言语了,她知道这是组织上的决定,是再也不能更改的。另一方面,儿子到了革命干部家庭,自然排除了"出身成分"的阴影,儿子能有这样的归宿,她还能再乞求什么呢? 于是立即写下了儿子的出生年月,又给儿子喂饱了奶,然后依依不舍地交给了徐队长。徐队长说:"你整理好东西,马上就走。"说完,抱起孩子和男警官一道走了。

孩子被抱走了,刘雪倩心里只觉得空荡荡的难受,但同时又感到一种无牵无挂的轻松。她知道,在她被捕6个月后,母亲就离开了人世。如今丈夫死了,儿子"飞"了,在这个世界上已没有一个亲人了。既然如此,自己该到另一个世界去和林正伟度蜜月了!

刘雪倩这样一想,立即从被褥底下取出一样东西,那是她前些天在去厕所的路上捡到的,一把磨得像匕首那样尖锐的钢锯条。她当时并没想到要自杀,只是拿来放着,必要时好派用场,想不到今天还真派上大用场了。她一手捏住钢锯条,一手解开衣扣,然后举起钢锯条,对准了心脏部位……

人真奇怪,在一定的时候,想活很难;在特定的环境下,想死也不容易。这不,刘雪倩牙一咬,正举着钢锯条要往下扎的时候,外面冲进来一个人,一把抓住她的手,低声喝问:"你想干什么?"刘雪倩扭头一看,见是徐队长,不觉打了个哆嗦,钢锯条"当"的一声掉到地上。她知道这次完了,不由颤声说:"徐队长,我求求您,您就让我死了吧。"

徐队长好不生气,真想扇她几巴掌,但最后还是忍住了,只是从牙缝里迸出几句话来:"好啊!想死还不容易!就凭你刚才的表现,只要我一报告,就可以了却你的心愿,可是你难道愿意就这样不明不白地离开人世?"

这时,男警官进来对徐队长说:"车来了,走吧。"他一眼瞥见了地上的钢锯条,俯身拾起,问道:"这东西哪来的?"徐队长不动声色地说:"噢,是我掉的。"顺手接过钢锯条,又命令刘雪倩整理好行装,然后给她戴上手铐,押上了囚车。

前　途　渺　茫

刘雪倩在监狱一待就是10年。

都说监狱生活难熬,可是刘雪倩不但熬过来,而且渐渐地也适应了。10年来,她表现还不错,曾经得到过一次重大的奖励:由"死缓"改为"无期"。对这,她似乎并不怎么激动,而且觉得"无期"和"死缓"差不了多少,反正得在这里待到死。但许多事情往往出乎人的意料。随着时间的推移,历史终于对大青山水库工地那件所谓的"反革命杀人案",作出了正确的结论。刘雪倩最终被无罪释放,她自由了。

对于一个被监禁的人来说,自由是多么的珍贵,又多么富有吸引力。可是刘雪倩此时的心情却很复杂,说不清是喜是悲是乐还是愁,她只是茫然地走出高墙大院,默默地来到车站,既没人送她,也没人接她,在那熙熙攘攘的人海里,强烈的孤独感油然而生。她在售票窗前站定,心想:我该去哪里呢?正愣着,忽听后面传来一声呼叫:"刘雪倩。"

刘雪倩不觉一惊,下意识地两脚一并,机械地答道:"到!"随即扭头一看,原来是管教了她整整10年的徐队长,忙问:"徐队长,您有事?"徐队长笑了:"别紧张,我是特地来送你的。"听说是来送自己的,刘雪倩好感动,对这位既严肃又心善的管教干部,她是非常非常尊敬的,这些年来,多亏了徐队长的帮助和鼓励,自己才坚持活到了平反这一天。此刻刘雪倩真想扑进徐队长怀里叫一声:"妈妈!"见刘雪倩泪水涟涟,说不出话来,徐队长拍拍她的肩安慰道:"别难过,你还年轻,路还长着呢,挺起胸来,从头开始。"说着递过一个纸包,"给你。"

刘雪倩急不可待地打开纸包,见里面是一本厚厚的日记本、一支钢笔、50斤粮票和40元人民币。这对刘雪倩来说,真是雪中送炭呀!她激动地说:"徐队长,您给我的实在太多了,叫我怎么报答您呢?"徐队长摇摇头:"别提报答,好吗? 不过我想,你能不能也送我点什么?"

刘雪倩为难了:"徐队长,我现在一无所有,能送你什么呢?"徐队长微微一笑:"把你儿子送给我,行吗?"提到儿子,刘雪倩精神一振:"我儿子? 请您告诉我,他在哪?""他不在你包里吗?"

说到这里,刘雪倩才恍然大悟,知道徐队长要的"儿子"并非真的儿子,而是自己包里那一大叠文稿。

文稿是一部没写完的系列小说,总题目叫《我心中的儿子——辉辉》。那是刘雪倩在10年监狱生活中,利用一切空隙时间,根据自己的想象写下的,已经写了近20万字,还准备继续往下写。这件事徐队长知道,在看过部分文稿后,极力鼓励并支持她写下去。可是今天徐队长要这部文稿有什么用呢?

徐队长见刘雪倩一脸疑虑,笑了笑,说:"你别误会,我只是想要来看看,以后一定还给你!""好!"刘雪倩当即从包里取出文稿,递给了徐队长,然后吞吞吐吐地说:"徐队长,我有件事,不知该不该问?""什么事? 你说吧。""我心中的儿子已交给您了,您能不能告诉我,我那真正的儿子究竟在哪里? 他是正伟的血脉,林家的后代,我要对得起他们!"徐队长的脸突然白了起来,她双眉紧皱,心跳加剧,考虑良久,才字斟句酌地说:"我完全理解你的心情,不过现在我确实无法告诉你什么,你放心,我一定设法满足你的要求。"

刘雪倩回到了她阔别整整 10 年的古朴而美丽的山区小镇——里山镇。出乎她的意料,里山镇的乡亲父老们没有忘记她,听说她回来了,人们奔走相告,热情地接待了她。尤其令她震惊的是:她原来的家,虽说已多年无人居住,却依然如故,屋里屋外还是那么干净。一问才知道,自从她母亲去世后,隔壁的张家大婶每隔 10 天半月就来打扫一次,每逢下雨就要来看看,如有漏就请人修好。她常说:"雪倩一定会回来的,扫扫干净等她。"如今张大婶见雪倩真的回来了,连忙端来了一碗糖汆鸡蛋。乡亲们也很热心,有送米的,有送菜的,有送柴火的,还有人帮她挑满了水缸里的水,更多的人则为她出主意,有人说开个缝纫铺,帮人加工服装,有人说开家百货店,生意一定很好……

面对乡亲们如此的热情,刘雪倩感激不尽。这天清晨,外面一阵急促的敲门声将刘雪倩惊醒,她开门一看,不觉大吃一惊,只见赵大奎的舅舅,扶着赵大奎那哭瞎了双眼的娘,后面还跟着好些人,有的拿棍子,有的拿绳子;有的拿刀子,一个个怒目而视,杀气腾腾。刘雪倩知道情况不妙,吓得连话也说不出了。

赵大奎的舅舅杀猪出身,长得五大三粗,加上一脸络腮胡子,那样子真有点吓人。他说:"刘雪倩,你这个婊子!害死了我外甥,还害我姐姐哭瞎了眼睛。如今你倒好,大模大样地回来了,不行!我今天不打死你,也得挖掉你两只眼珠子,免得再害人!你说,要眼睛还是要命?"后面的人也跟着起哄:"说,快说……"

这么一闹,惊动了四邻,张大婶他们纷纷过来相劝,可是赵大奎舅舅哪里听得进去,于是立即形成了两支对立的队伍,双方先是争,接着骂,眼看要打起来,幸亏镇里来了干部,把赵大奎舅舅批评一顿,才平息了这场风波。

　　风波是平息了，可是问题并没有解决。刘雪倩心里明白，赵大奎的舅舅决不会就此罢休，从此自己又将卷入那冤冤相报的是非之中。自己生死不足惜，可为此就会给四周邻居带来不安宁。罢了，为了不连累众乡亲，刘雪倩当夜就打点行装，悄悄地离开了家。

　　从此，刘雪倩开始走南闯北，企图寻找一个立足之地，可是事情并不像她想的那么简单，刘雪倩什么样的苦都吃过，什么样的罪都受过，可最后还是带着一身创伤、疲惫和失望回了家。

　　她茫然伫立街头，觉得非常悲哀：世界这么大，为啥没我的立足之地？莫非这就是命运……这时，一个尼姑擦身而过，使她突然产生了一个念头：何不到尼姑庵去，既可享受那份宁静，还可修修来世……她想到这里，不知不觉就跟了上去。

　　尼姑在前面走，刘雪倩在后面跟，走了很长一段路，刘雪倩抬头一看：傻了！原来尼姑庵就是当年修大青山水库时她曾住过的那座古庙，触景生情，一切往事都涌上了心头，使她忍不住伤心地哭了起来。

　　她这一哭，把老尼姑给惊动了，问清情由之后，老尼姑动了恻隐之心，答应收留她，让她干些杂活，闲时读读经书，成了带发修行的"编外尼姑"。

　　两年后的一天，一辆警车在尼姑庵门口停下，从车上下来三个人，两个是当地乡干部，还有一个是身穿警服的女警官，他们指名道姓要找那个留发的尼姑。

　　老尼姑一听心里直嘀咕：刘雪倩安分守己，能犯什么事？莫非她命中注定大劫难逃不成？

姑 娘 来 访

　　来找刘雪倩的女警官不是别人，正是刘雪倩既思念她、又怕和她联系的徐队长。

一见面,徐队长就半开玩笑半责怪地说:"你是怎么啦?外面的世界那么精彩,你不去参与,却躲进这深山里虚度年华,害我找得好苦呀!"刘雪倩苦涩地叹了口气:"徐队长,不瞒您说,我身在监狱时好像心里有个世界,可来到这个世界以后,似乎又进了无形的监狱。我无法摆脱这个阴影,曾多次想回到您那里去。您今天来得正好,把我带走吧。"徐队长乐了:"别以为警车出现就是抓人来的!告诉你,我今天来,一是向你告别,我就要退休回老家去了。第二么,我要把你带走,但不是去监狱。这几年,我们经过多方联系,《人世间》杂志决定收留你那'心中的儿子',你的那部系列小说,先在杂志上连载,以后再出书。他们要你继续往下写,对原来的文稿也要你作些修改。"

刘雪倩激动万分:"徐队长,这是真的吗?我不是在做梦吧?""别想三想四了,快理好东西,跟我进城!"徐队长就这样将刘雪倩从冷灰里扒出来推向火热的生活,从而改变了她的命运。

不久,刘雪倩的处女作《我心中的儿子——辉辉》被《人世间》杂志上推出,立刻获得了广泛的好评,并引起了评论界的注目。也是刘雪倩的幸运,正好遇上"不拘一格降人才"的时代,她被破格录用,安排在文化部门,继续写她的"辉辉"。

由于她刻苦勤奋,再加上有过那么多经历,对人生有着深刻的体验和思考,所以她在写作上一发而不可收,接连不断地推出好作品,几年下来就成了知名度很高的女作家。

她虽已四十出头,但看上去不过三十左右,还是那么漂亮,那么富有青春活力。因此,给她写信的人很多,登门拜访的也不少,有向她求教的,有跟她探讨人生哲理的,也有不少转弯抹角向她表示爱慕之情的,对这,她总是一笑了之。她说,她深深地爱着两个男人:一个是丈夫,在她心中;一个是儿子,在她笔下。

这天,刘雪倩收到了徐队长一封非同寻常的来信,信是这样

写的:

　　雪倩:

　　　　书和信都已收到,谢谢你。你曾经好几次向我打听你
　　儿子的下落,我都没有告诉你,那是因为考虑到你还没有在
　　社会上站稳脚跟。其实,当初是我收养了你儿子,一直寄养
　　在我父母家里。如今孩子已经长大成人,你也功成名就,我
　　反复考虑,还是应该让他回到你身边。
　　　　读了你的书之后,我觉得很惭愧,我们帮你抚养的儿
　　子,远远不及你笔下的"儿子",也许他回到你身边以后,会
　　变得好些。因此,我已经让他前来找你,很快你就可以见到
　　他了。
　　　　当初我们为他起名叫杜晨,你如觉得不好,可以改名,
　　我没意见。另附杜晨的近照一张,以供辨认……

　　刘雪倩读完这封信,欣喜若狂,捧着儿子的照片,又是吻又
是看,爱不释手。
　　晚上,她铺开信笺,提笔给徐队长写回信,刚写完"徐队长"
三个字,外面传来"笃笃笃"的敲门声。刘雪倩想:是不是儿子找
上门来了? 她三脚并作两步跑到门边,开门一看,心里有些泄
气。门外站着个姑娘。那脸蛋,那身材都令人赏心悦目。刘雪
倩稳定一下情绪,问道:"姑娘,你找谁?"姑娘怯生生地说:"您就
是刘雪倩阿姨吧?""是的,我就是刘雪倩,你找我有什么事?"
"我……我想找辉辉哥哥谈谈,可以吗?"
　　刘雪倩愣住了,心里暗想:辉辉是自己笔下的艺术人物,许
多人把他当成真的,纷纷给他写信。现在这位姑娘竟找上门来
了,怎么跟她解释呢?
　　姑娘见刘雪倩默默无语,忙问:"阿姨,您不同意吗?"面对这

痴心的姑娘,刘雪倩不忍心将她拒之门外,她定定神,把姑娘让进屋里,泡了杯茶,然后说:"姑娘,我家辉辉出门去了,要过些天才回来,你有什么话就对我说,行吗?"姑娘低着头,哭了。

刘雪倩感到好生奇怪,来了个刨根问底。经过耐心的劝说和开导,姑娘终于说出了她的遭遇。

姑娘叫赵莹仙,24岁。在她出生时,父亲还未和母亲结婚,而且父亲根本不打算结婚,因为他又看中了另外一个女人。可是在她出世不久,父亲突然死去,后来母亲也抛下她远嫁他乡。她是她奶奶带大的。初中毕业后,因生活所迫,她不得不到乡里一家厂里去做工。当了3年工人,厂里又调她到接待室工作,负责迎来送往以及客商生活的安排。

有一次,乡里来了个大款客商,厂长交待,这是条大鱼,要她加倍小心,让客商满意,使客商高兴。谁想到这个客商心术不正,见赵莹仙长得漂亮,竟动起歪脑筋来了。他先是语言挑逗,进而动手动脚,甚至提出陪他睡觉,遭到拒绝之后,他居然兽性大发,一把抱住姑娘,按倒在床上。赵莹仙为了保住自己的清白,随手抓起床头一把水果刀,朝他胳膊上狠狠扎了一刀,这才挣脱魔爪,逃了出来。

赵莹仙毕竟还是个姑娘,心里越想越害怕,第二天一早就逃出乡里,在县城一个朋友家躲了下来。赵莹仙避了几天风头,见没什么动静,就决定要找工作,她不能长期靠人家养活呀!在朋友的帮助下,总算找到了一份工作:在一家宾馆里当服务员。虽说是临时的,但赵莹仙已经很满足了。

大约过了半年,谁知道,前天宾馆里住进来一个人,竟是半年前被赵莹仙捅过一刀的那个大款,赵莹仙惊惶失措,不知怎么办才好。那个大款恶狠狠地威胁道:"好啊,你躲在这里。那一刀的账,你准备是私了还是公了?"赵莹仙晓得自己斗不过他,所以连话都没答,转身逃出了宾馆。

赵莹仙叙述完这些情况以后,说:"阿姨,我现在是举目无亲,有话没处说,有苦没处诉,我不知该怎么办? 在走投无路时,我想到了您写的辉辉,所以才找上门来,想请他给我指点指点……"

刘雪倩好不激动。心想:这姑娘的遭遇跟自己何其相似,听口音好像也是同乡。她试探地问道:"你们老家是在里山镇吗?"姑娘愣了一下,脱口说:"您怎么知道?""我知道里山镇自古以来出美女。你爸爸是谁?"姑娘迟疑了一下,还是说了:"我爸名叫赵大奎。"

"赵大奎"三个字一出口,刘雪倩顿觉脑子里"嗡嗡"直响,她真想说:"赵大奎啊赵大奎,你害得我好苦呀! 可如今不幸又落到你亲生女儿头上了,这也许就是人们常说的因果报应吧。"但转念一想:姑娘是无罪的,绝不能去伤害她。于是她竭力镇定下来,平静地问:"今后你打算怎么办呢?""阿姨,我想过了,我只有一条路——毁容! 把自己变成个丑八怪,也许就能太平了。""不,你不能做这种傻事,那是懦弱的表现。姑娘,我也有过你同样的遭遇,但现在毕竟时代不同了,你别怕,挺起胸来跟他斗! 今天时间不早了,你先回去休息,以后有机会再谈吧。"

送走了赵莹仙,刘雪倩一看表,已经是 11 时 20 分了,可她却觉得心里很乱,思绪万千,无法入睡,她又失眠了。

第二天早上,她来到办公室,特地泡了杯浓茶,想提提神,这时,电话铃响了。电话来自公安局,说是有重要事情,要她立即去一趟。刘雪倩呆了,自己怎么又和公安局牵扯上了呢?

慈 母 断 肠

刘雪倩急匆匆来到公安局,一位年轻的科长接待了她。科长开门见山地说:"我们请你来,是因为有个案子牵涉到你。"刘雪倩一惊:"什么案子?"科长没有直接答复她提出的问题,而是问她:

"有个叫赵莹仙的姑娘你认识吗?""认识。""你对她熟悉吗?你们是什么关系?""不太熟,昨晚刚刚认识。她、她怎么啦?""她来报案,她昨晚被人强奸了。强奸她的是一个外地客商,一个年轻小伙子,名叫杜晨,但她又拿不出强有力的证据……"

刘雪倩一听"杜晨"这个名字,头脑里"嗡"地一下,只觉得眼前金星直冒,后面的话根本没听清,就晕了过去。

傍晚,她从医院出来回到家里,取出儿子的照片,边看边流泪。心想:多少年来,日夜想念,日盼夜盼,盼着能和儿子见面,难道盼来的竟然是个强奸犯? 不,不可能,他是在徐队长家里长大的呀,哪能会这样? 也许是……

突然,门被敲响了。刘雪倩开门一看,只见门外站着个风度翩翩的年轻人,细细一打量,不错,正是照片上那个人,而且长得跟林正伟十分相似。她一阵惊喜,真想立即扑上去,紧紧搂住他,可是一想到"强奸犯"三个字,她又心中发寒,冷冷地问道:"你找谁?"年轻人说:"我奉家母徐正兰之命,特地来找作家刘雪倩。""我就是刘雪倩,找我干什么?""啊,妈妈,我就是您的亲生儿子杜晨呀,我找得你好苦哇!"

这时,刘雪倩怎么也控制不住自己的感情,一把抱住儿子,放声痛哭起来。

刘雪倩哭了好久,才说:"多少年来,我做梦都在想着你,前天徐队长来信告诉我说你来找我了,我是多么高兴呀! 可你为啥现在才来呢?"杜晨说:"妈,我碰到了点麻烦。"刘雪倩的心一下子沉了下去,她紧张地问:"麻烦? 是不是说你强奸?"杜晨好像早有思想准备,一点也不紧张,平静地解释道:"对,其实我不过跟那姑娘玩了一次,我没有白玩她,给了她两百元钱,可她……""孩子,你知道她是谁吗? 她是害得我们家破人亡的仇人赵大奎的女儿呀!""哎呀呀,难怪她翻脸不认人,告我强奸,幸好她拿不出充分的证据,公安局也奈何不了我。"

　　刘雪倩突然感到眼前的杜晨远远不是自己心中的儿子，他和自己笔下的辉辉完全是两个人。杜晨见母亲沉默不语，就急切地说："妈，今天公安局把我叫去问这件事，我说，是有那么回事，但不是强奸，昨天晚上9点，她主动找上门来勾引我，我挡不住她的诱惑，跟她发生了关系。事后，她要敲诈我两万元钱，我坚决不给，她一怒之下告我强奸。"

　　刘雪倩一听倒抽一口冷气，立刻说道："孩子，你说的时间不对呀，昨晚上那姑娘在我这里，11点多才走的呀。""是呀，麻烦就出在这里！现在话已出口，无法收回，只有请妈妈您帮忙了。只要您说一句：'她昨晚根本没到我这里来过。'这就够了，我还可以反诉她诬陷，为您报仇！"

　　杜晨说到这里，掏出一大叠钞票，放到刘雪倩面前："妈，这一万元钱，是孝敬您的，您熟悉的人多，必要时帮助疏通疏通。"

　　刘雪倩人好像一下子掉进了冰窖里，她强忍住悲哀，不动声色地追问道："孩子，你为什么要这样干，你要对妈说实话！"杜晨瞟了母亲一眼，有些犹豫，但为了得到母亲的支持，他还是如实说道："妈，我跟您直说吧，我这个人有个脾气，想得到的东西就一定要得到！半年多前，为这事，我挨了她一刀，她来了个逃之夭夭，谁知在这里又碰上了她，我岂肯罢休？我就用钱买通了宾馆里另一个服务员，让她找机会用麻醉药将赵莹仙弄倒……"刘雪倩实在听不下去了，挥挥手说："你别说了，我全明白了。"她好心酸，眼前的这个儿子，多像当年的赵大奎呀！

　　现在看来，她的一句证言，足以起到举足轻重的作用。一方是仇人的后代，一方是唯一的亲人，在如此复杂的漩涡里，该怎么办？她茫然了：孩子，你真不该为妈出这样的难题呀！杜晨见刘雪倩不吱声，说："妈，我听徐队长说，当年你因为怀了我，才没被判死刑，儿子救妈妈，理所应当。现在需要妈妈拉儿子一把了，只要帮我渡过这一难关，以后你用不着再爬格子，我一定让您……"没等他把话说完,刘雪倩说:"你先回去吧,让我想想。"杜晨走了,刘雪倩一下子瘫倒在床上。

半个月后的一天,刘雪倩穿一身黑装,拖着疲惫的身躯来到法院,因为是桩强奸案,所以没有当众开庭,只是在内部调查取证。刘雪倩在法院门口碰到闻讯赶来的徐正兰队长,两位母亲都没说话,只是紧紧地握了一下手。

刘雪倩见到法官,一字一句留下证言:"9月12日晚上8点半,赵莹仙以访问作家的原由来到我家,11点20分走。在这3小时中,她没离开过我家一步。案发后的第二天傍晚,杜晨来我家,拿出一万元钱,要我为他作伪证,并以保证我今后生活为条件,帮他开脱罪责。他还告诉我,他是用金钱买通服务员,用麻醉药将姑娘弄倒,在她无力反抗的情况下实施强奸的。"刘雪倩脸色苍白地说完这一切就晕了过去。

当她醒来时,面前已站着许多人,有徐队长、赵大奎的舅舅、赵莹仙和她奶奶。赵莹仙搂着刘雪倩直流泪。徐队长说:"雪倩,我对不起你,我收养了你儿子,却没有教育好他……"刘雪倩抓住徐队长的手说:"徐队长,别这么说,我不怪你,怪只怪当时那个社会,怪只怪杜晨自己不争气!"

这时,杜晨被戴上手铐押上囚车,囚车开动后,突然传来一声呼喊:"妈妈——"

(方赛群)

出国前疯狂

极度的疯狂,是不能用一根丝线
把它拴住的,就像空话不能止痛一样。

出国前疯狂

朋　　友？

八十年代初春,市公安局出入境管理处门前整天人头攒动,经常可以看到通宵排队等候领取出国预约单的男男女女。

这天一早,有个男青年,满头大汗,匆匆奔进管理处大门。他身材矮小,相貌平平,身背黄挎包,一脸焦急相。他一边抹抹头上的汗珠,一边看着拥挤不堪的人流,摇摇头,踌躇片刻,便悄悄地退到走廊尽头,挨着一张长凳坐下,顺手从肩上的黄挎包里,拿出一本日文版的教科书,一面翻阅,一面等待着。

　　这个青年姓许,名中杰,今年刚好30岁,是市财经技校的外语教师。前段日子,他给日本几家大学投寄了求学信,靠着扎实的日文功底,很快得到日本京都大学的答复,今天来这里,就是为了办出国手续的。这时候,人越聚越多,狭长的走廊被挤得水泄不通,许中杰见此情景,心中不免有些着急,正想拿个主意,耳边传来一声有礼貌的女中音:"先生,这里有人坐吗?"

　　许中杰一抬头,见面前站着一个和自己年龄相仿的女人,瓜子脸白白净净,两只大眼黑幽幽,T恤衫,百褶裙,外面罩了一件奶白色的细羊毛外套,正目不转睛地打量着自己。许中杰不由自主地朝里面缩了缩身子,那女人弯腰说声"谢谢",大大方方坐下来,灵巧地从手提包里摸出一面小镜子照了照,顺手又理了理那波浪状的长发,有话无话地搭讪道:"哟,人真多呀。"许中杰没作声,只是点了点头,算是回答。那女人将小镜子放回手提包,随口问道:"你也申请出国?"许中杰仍没出声,还是点了点头。那女人似乎没注意到许中杰的神态,她像机关枪似的连续发问道:"去哪? 美国、日本、香港……"这时候,许中杰觉得再点头不行了,只得吐了两个字:"日本。"谁知那女人一听,"啊"一声欢叫起来,惹得边上的人都朝这里望。"你也去日本,太好了,我的父母在日本定居,我那未婚夫也刚去日本。太巧了,我也是申请去日本的。"说着话,她像是异国遇到同乡人,热情地从手提包里抓出一把巧克力,塞到许中杰手中。

　　许中杰被那女人旁若无人的举动弄得面红耳赤,犹如坐在枯柴堆上,浑身不自在,他想起身走开,可又觉得这样做有失教养,一时间左右为难,不禁尴尬地抬起头朝对方望了一眼。

　　那女人见许中杰这副尴尬相,不由得一乐,问:"你申请去日本干啥?"许中杰又从嘴里吐出两个字:"读书。"那女人望了望那闹哄哄的人群,带着关心的口吻问:"有路吗? 你父母是干啥的?"许中杰心里顿时像被毛毛虫蜇了一下,脸涨得通红。为啥人家问许中杰的家庭,他脸会发红呢? 说起来话长……

许中杰的父亲早先是部队的一个团级军官,"文革"期间,他率领一批上海知识青年去内蒙古军垦农场战天斗地。谁知他对众多如花似玉的女知青动了邪念,到头来,因强奸多名女知青而被抓了典型,丢了性命。消息传到上海,许中杰的母亲连气带恨,忧郁成疾,不久也病死了,只留下许中杰孤身一人。"文革"结束后,许多案子都得到了纠正,可许中杰深知强奸犯绝无翻身之日,因此他仍背着沉重的包袱,低着头走路,夹着尾巴做人,说话、办事都比别人慢半拍,整日里只是闭门读书,不与他人来往。眼下,对方问起他的父母,许中杰自然无言以对了。

那女人见许中杰脸上一阵红、一阵白,主动打破尴尬气氛说:"我看你这身打扮,定是独身一人,对不对?"许中杰浑身一颤,惊诧地问:"小姐,你、你是怎么知道的?"那女人神秘地笑笑,做了个谁也猜不透的手势,这才亲热地告诫道:"别小姐、小姐的,听着多见外,我叫白依娜,你就叫我依娜吧。"

许中杰被白依娜天真活泼、又似乎带点野性的情绪感染了,刚才那种局促感渐渐消失了,主动问道:"你在哪工作?"白依娜脸色严肃起来:"我不希望有人了解我的一切。"说着,用手剥去巧克力外面的金纸,举到许中杰面前,"怎么不吃,怕有毒?"许中杰像个听话的孩子,乖乖地接过巧克力,把它放进嘴里,立刻有一股清香又带点微苦的奶油味沁入心田,并慢慢地从他的肌体里升腾起一股被久久抑郁着的青春热血,脸上露出了笑容,话也不知不觉地多了起来。两个人低声细语,越说越投机,越说越热乎,等到办完申请手续,他俩已俨然成了一对老相识。

临分手时,白依娜依依不舍地对许中杰说:"我这个人最怕寂寞,在未出国前,咱们交个朋友吧,有事也好有个商量。"许中杰同样有此愿望,当下就点头答应了。

从此,许中杰和白依娜的确像一对好朋友,虽说两人的相貌相差甚远,但他俩是在摒弃异性肉欲相互吸引的基础上结成的感情,因此,他们之间的交往就显得纯洁而自然。这些日子,白依娜经常约许中杰一起去打听出国审批结果,偶尔也一起去看看电影,逛逛公园。

这天下午,白依娜又给许中杰挂了个电话,让他立即赶到中山公园的八角凉亭,有要事相托。

许中杰放下电话,心里觉得奇怪,到底有什么重要事情呢?他顾不得多想,推出自行车飞身上了路。可是当他满头大汗、气喘吁吁赶到约定地点,却不见白依娜的人影。

弱　女?

许中杰不见白依娜人影,还以为她没赶到,就掏出手绢,一边抹着脸上的汗,一边靠着凉亭栏杆耐心地等着。时间一分钟一分钟地过去,足足等了一个多小时,仍不见白依娜出现,许中杰焦急起来,担心白依娜会不会出事。这么一想,他站起身,在凉亭里来回走着,伸长脖颈朝四下张望。突然,他看到自己刚才靠着的那根栏杆上有张纸条,凑过去一看,只见纸条上写着:"许:我在对面小河边等你。白"许中杰这才明白自己太粗心了,忙拔腿朝小河边跑去。

此时,夕阳西沉,落日的余晖洒在平静的河面上,金光闪闪,显得宁静宜人。许中杰无心欣赏这大自然赐给人类的绚丽色彩,他急切地东张西望寻找目标,终于发现小河边一块凸起的石头上坐着一个如同塑像一般的女人,一看背影,就认出是白依娜。许中杰急匆匆跑上前去,刚想打招呼,猛地发现白依娜两眼正呆呆地凝视着漂浮在水面上的几片枯叶,眼神忧伤,脸色黯然,似乎沉浸在痛苦的回忆之中。见此情景,许中杰倒抽一口冷气,赶紧把冲到嘴边的问话咽进肚里,人像触了电似的呆立着不动了。

脚步声惊动了白依娜,她掉转头,见是许中杰,脸上的肌肉突然一阵痉挛,但很快又恢复了以往的神态。她掏出手绢,刚要拂去旁边石块上的灰尘,许中杰连说:"不用,不用。"就一屁股坐了下去。白依娜也不勉强,把手中的一本书递了过来:"中杰,我未婚夫给我寄来一本日文版的《生活指南》,你先拿去看看,或许对今后去日本有帮助。"许中杰接过装帧精美的日文书,心里涌起一股暖流。长期孤独压抑的生活,使他迫切希望得到旁人的关心和体贴,如今白依娜这么一个小小的赐予,许中杰已经满足得眼泪差点滚落下来。他问道:"依娜,你有什么事?"

白依娜没有立即回答,她从手提包里拿出那面小镜子,借着蒙眬的光亮,仔细地照了照自己的脸庞。她脸上的神情有点忧伤,也有点让人捉摸不定。过了一会,头也不回地问了句:"你能帮我办件事吗?"许中杰"呼"地站起来,虽没吭声,可他那神情分明是告诉对方,他随时准备听命。白依娜见许中杰如此神态,想说什么,似乎又难以启口,只是不断地皱眉、叹息。

白依娜这副欲言又止、忧心忡忡的样子,使许中杰又急又困惑不解。今天她举止这样反常,肯定碰到了难办的事。他急不可待地催问道:"你到底怎么啦?"白依娜的眉头皱得更紧,脸色更忧伤了。她沉默了一会,问许中杰道:"中杰,你出国仅仅是为了求学吗?"

许中杰见白依娜问这话,他抬头望了望公园外面那些鳞次栉比的高大建筑群,一只手攥成了拳头:"不!我要摆脱眼下被人看不起的处境,我要出人头地,住洋楼,坐轿车,为我许家增光!"白依娜见许中杰如此激动,似乎被感染了,她的黑眼珠顿时放出了光亮,但紧接着又长叹一声,说:"唉……我的出国申请也快批下来了,可是、可是……""你说呀,难道还不相信我?""唉,事到如今,我也只能全告诉你了。我、我怀孕了。""啊……""别紧张,那是我未婚夫临走时给我留下的,我怕挺着肚子去日本不大方便,因此想去医院做人流手术。"

许中杰瞪着迷惘的眼睛,不解地问:"这事干吗要对我说?""唉,我考虑再三,这事非得请你出面帮忙。""我、我能帮什么忙?""前些天,我去过医院,据医生讲,做人流必须要有家属签字,我不想惊动旁人,因此,想请你代表我未婚夫签个字。"许中杰觉得白依娜将这样的事都对自己讲,心里热乎乎的,但这样做是否妥当,他又吃不准:"这、这行吗?""行,行。"白依娜脸上露出期待的表情,闪着黑眼珠,望着许中杰。

许中杰沉默着,他的心里却像江涛在翻滚。他人虽老实,但并不愚笨。他觉得俗话说:多个朋友多条路。自己去日本,人生地不熟的,多么需要有个熟人相帮。我如果在她碰到为难事的关键时刻帮她的忙,到了日本,她的父母、她的未婚夫准会对我感恩不尽。这么一想,他不再犹豫了,爽快地说:"好吧,我愿意帮助你!"白依娜见许中杰终于答应了,似乎想在脸上露出点笑容,可是终于没有笑,只是把头一偏,轻声嘱咐道:"明天你陪我去医院,签了字你就可以走了。女人的事你还是少知道点好!"

骗　　子？

俗话说:鸭吃砻糠鸡吃谷,各人自有各人福。许中杰人虽老实,福气还是不错,他的出国申请办得非常顺利,没多久出国护照批了下来,很快又在日本驻沪领事馆办妥了签证事宜。白依娜闻知这一消息,当然很高兴,这天晚上,她破例地第一次来到许中杰家。

许中杰的家,紧挨着儿童公园,那是一幢独门进出的石库门房子,外表看起来有些败落,但里面还算宽敞,正门进去是一个卧室大房间,靠右侧还有个小小的卫生间。屋子里的摆设显得有些沉闷,家具、书籍,被褥以及锅盆碗筷,都像上海人轧公共汽车,杂乱无章地挤成一团,给人以一种穷困零乱的感觉。白依娜对这些似乎并不在意,她双手抱胸,饶有兴趣地打量着这一切,突然,她的眼睛被墙上那几个大玻璃镜框吸引住了。

许中杰见白依娜全神贯注地盯着镜框看,他不由自主地脸发烧,心发慌,要紧说道:"依娜,别老站着,快坐下吧。"白依娜没有落座,她指着其中的一个镜框问:"这是你们家的合影照?"许中杰见问,好像背脊梁上被人猛抽一鞭,神色更加慌乱起来。

墙上那个玻璃镜框里的照片,确实是张合家照,这是许中杰的父亲临去内蒙古前,一家三人的合影,白依娜问起这照片,正好触到了许中杰难言的伤疤上。为了摆脱痛苦的回忆,许中杰忙把一听可口可乐塞到白依娜手中,嘴里讷讷地说:"没啥好看的,没啥好看的。"白依娜奇怪地睁大眼道:"中杰,一提起你的家庭,你就是这副样子,难道你不喜欢自己的父母吗?"

一股说不出来的情绪顿时涌上许中杰的喉头,他痛苦地闭上眼睛,自言自语地说:"没有父母就没有我,我常常做梦都梦见他们,可是,唉……一言难尽啊。"白依娜于是便不再说什么,"砰"打开桌上的一罐饮料,喝了起来。许中杰感到嗓子眼里冒烟,也"砰"地打开一罐,一仰脖喝了个痛快。

白依娜一边喝着饮料,一边默默地注视着许中杰的神情。过了一会儿,她走到沙发边,一屁股坐下,笑着说道:"中杰,说点高兴事吧,你的出国手续都办妥啦?"一说起出国,许中杰犹如打了一针强心剂,人顿时变得精神起来,"噔噔噔"几步走到写字台前,拉开抽屉,取出一本烫金的护照来:"依娜,你看,都办妥了,这下我真能出国喽。"白依娜接过护照,爱不释手地左看右看,横看竖看,看了好半天,突然,她闪电般地将护照放进了自己的手提包里。

许中杰见白依娜将他的护照放错了地方,就提醒道:"那是我的护照……"他话没说完,猛一抬头,惊得张大嘴巴,打了个冷颤,"咣啷"一声响,手中的饮料罐头掉在地上,没喝完的饮料流了一地。

原来他发现不知什么时候,白依娜神色变了。只见她脸色白中带青,咬牙切齿,那双乌黑的眼睛射出一股寒光,像两把匕首直刺许中杰的胸膛,许中杰吓得头皮发麻,连连朝后退去。白依娜"呼"地站起身,"咔嚓"一脚踏扁地上的饮料罐头,一步一步朝许中杰逼过来:"你就这么走了?""这、这……""我和你的关系怎么办?""什么关系?""夫妻关系!""夫妻关系?这怎么可能呢?我不明白。""哼,不明白?我肚里的孩子都打掉了,你装糊涂?""孩子?不、不,我连碰都没碰过你一下,哪会有孩子?依娜,开玩笑也得有个分寸呀!"白依娜见许中杰一副懵里懵懂的样子,就从提包里拿出一张卡片,在手里晃了晃,冷漠地说:"看看吧,你亲自签的大名,你是我的丈夫,当然应该对孩子负责喽!"

许中杰头"嗡"地一下,急得眼前金星直冒,他茫然地用手抓着自己的衣襟,不住声地喊起冤来:"我那是帮你忙,你可得讲点良心哪!"白依娜冷冷一笑,用手敲敲桌子,警告说:"你喊吧,大声地喊吧,让全城人都知道。但你别忘了,一闹到法院,那无休止的调查,即使能证明你的清白,可是你还想出国吗?"

许中杰不敢出声了,他气愤,他后悔,他暗暗叫苦不迭。他心中明白,自己已误入女骗子的圈套,如今白纸黑字,证据捏在对方手里,万一她真要胡搅蛮缠,那出国的事非被拖黄了不可。许中杰想到自己的危险处境,双腿一软,跌倒在沙发里。

一看许中杰吓瘫了,白依娜更加凶相毕露,她双手叉腰,咄咄逼人地问:"怎么样,这事你打算是公了还是私了?"许中杰见对方终于开口要价,反倒横下心来。为了早点摆脱女骗子的纠缠,更为了不影响自己出国,他挣扎着从沙发上站起身,鼓起勇气问："私了要多少钱?"白依娜把头一摆，"嘿嘿嘿"发出一阵冷笑，"你当我是要饭的? 告诉你，钱，我一个子不要，只想请你帮我办件事。"许中杰一愣，警惕地问："你说办什么事?"

白依娜不慌不忙地从手提包里拿出一本杂志，"啪"扔到许中杰面前，说："有人问我要这本杂志，但我不想见他，你代劳一趟吧。"许中杰偷偷瞥了一眼，见是一本地区级的通俗小说刊物，他不明白这本通常在书报摊上都能买到的刊物，为何如此神秘? 他怕再中圈套，又问："你、你让我送给谁?""这个你别多问，明天下午，你在瑞金大厦南边围墙第三棵樟树边等着，到时有个手持鲜花的人会来问你：'先生，这本杂志能送给我吗?'你答：'你若喜欢，我可以送你。'这时对方会送给你一束鲜花，你就把这本杂志给他。怎么样，不难吧?"

白依娜说得轻飘飘，可许中杰紧张得浑身直哆嗦，一个几秒钟就会变脸的女人，嘴里能吐出什么好事? 为了防止白依娜搞更大的阴谋，他摇摇头，可怜巴巴地哀求道："我给你些钱，你快走吧。"白依娜见许中杰不听摆布，把脸沉了下来，她掏出护照，恶狠狠地威胁道："许先生，护照是有限期的，如果你真的不想合作，那么我也不勉强。我先告辞了，明晚再见!"说完，扬长而去。

许中杰惊恐地望着白依娜走出门去，他颓丧地倒在沙发上，垂下头，陷入了苦苦的思索之中。白依娜临走丢下的话，许中杰当然能掂出其中的分量，要想违抗，后果肯定不堪设想。可是真要照着去做，还不知会惹出什么祸来。许中杰左右为难，心里一酸，不由得无声地哭了起来。

哭了一阵，许中杰擦去眼泪，壮着胆子把那本杂志从里到外一页一页翻了一遍，见没什么异常之处，一时间又像做梦般地发起呆来，他觉得自己像在走钢丝，随时都可能跌入万丈深渊。他颠过来倒过去，想了又想，考虑了又考虑，终于还是出国念头占了上风，决定铤而走险!

特　务?

拔地而起的瑞金大厦位于茂名南路南端,横在它面前有一条狭长幽静的柏油路面甬道,沿甬道走下去,便是一溜红砖墙,上面布满了一道又一道的铁丝网,看上去像座监狱。刚才下了场阵雨,甬道上不见人影,只有水珠沿着嫩绿的树叶"滴答滴答"掉下来,增添了一种阴森森的气氛。许中杰浑身淋得透湿,他木然地靠在一棵樟树旁,提心吊胆地在这里等了两个多小时,等得昏昏沉沉,还不见人来取书。他有时抬起头来,便能看到对面那幅巨大的广告牌,一个面带笑容的姑娘,一只手举着高脚杯,一只手指着那粗壮的黑体字,"太空时代的饮料,香!美!甜!"不知为什么,许中杰越看越觉得那个姑娘像白依娜,心中更加惶惶不安。唉,女人、女人!太可怕了!一会儿娇媚可人,一会儿又变得面目可憎。唉,不知道白依娜何时才能放了自己!

许中杰正在胡思乱想,忽然听到"嘀嘀"汽车喇叭响,只见一辆紫红色"皇冠"牌轿车驶进停车场,接着从车上下来一个碧眼金发的外国男子,一边点燃雪茄,一边朝许中杰这边张望。

许中杰全身的血液凝固了,巨大的恐怖感传遍全身:莫不是白依娜要我和外国人搞什么勾当?一想到这,许中杰再也不敢待下去,刚要拔腿离开这个是非之地,突然耳边传来一句生硬的上海话:"先生,这本杂志能送我吗?"许中杰吓得一缩脖子,心想:这下完了。过了半天才敢回过头去瞧,只见站在他面前的不是外国人,而是一个身穿破衣、肩背篓子、拖着鼻涕的拾垃圾半大男孩。

拾垃圾男孩见对方愣着不理睬,以为他没听清楚,擦了一把鼻涕,又把声音放高了些:"先生,这本杂志能送给我吗?"许中杰慌得一时间竟忘了白依娜接头的话,嘴里喃喃道:"嗯,嗯,可以,噢,你若喜欢……"男孩也不听他啰唆,把手中的一束鲜花塞给许中杰,顺手夺过杂志,往背篓里一甩,拐了个弯就不见了。

许中杰吓得浑身大汗直淋,手脚发冷,他见任务完成,像生了一场大病似的拖着僵硬的双腿,一步一晃回到家。人刚倒在沙发上,就见白依娜一阵风似的闯了进来,许中杰惊得赶紧站了起来。白依娜也不和他打招呼,只顾朝沙发里一躺,"啪"揿着打火机,点燃一支香烟,吐了几个烟圈,这才开口问道:"事情办完啦?"许中杰垂着头,轻轻地"嗯"了一声。白依娜嘴角露出一丝不易察觉的笑容,把头朝沙发背上靠靠,用手指指边上,以一种主人的口气,说:"坐吧。"许中杰不敢违抗,又不敢坐到沙发上,就歪了半个屁股在床沿旁坐下,两眼惊愕地望着白依娜。

白依娜一边一口一口喷着烟圈,一边斜着眼死死地盯着许中杰,那神态既像上司对下属,又像一只母狼即将吞噬一只可怜的小兔子。也不知过了多久,白依娜"扑"地吐掉烟蒂,从手提包里拿出一叠钱,一甩手扔到许中杰怀里。许中杰顿时像触电般的从床上弹了起来:"不、不……""怎么,嫌少?""不、不,白小姐,我的护照。"白依娜狡黠地一笑,紧跟着又从手提包里拿出一本护照和一张飞机票:"许先生,我已替你买好后天去日本的飞机票,怎么样,够朋友吧?"许中杰万万没料到天底下有这样的好事,一时间惊疑不定,身子只动了动,可没敢过去接。

白依娜没管这些,把机票朝护照里一夹,随手放在圆桌上,然后伸伸懒腰打了个哈欠,不阴不阳地问:"许先生,今晚我能在这过一夜吗?"许中杰骇得一下子退到门背后,又是摇头又是摆手,求道:"白小姐,求求你发发慈悲,别再逼我了!"白依娜想了想,说:"好吧,你不愿做鸳鸯梦,我也不强求你,不过,你还得帮我办一件事,这是最后一件事!"许中杰听白依娜还要叫他办一件事,不禁打了个寒噤,带着哭腔问:"还要办什么事啊?"

白依娜站起身,绕过圆桌,走到窗边,撩起窗帘,警惕地朝外望望,然后从贴身的衣兜里取出一个扁圆盒,郑重其事地交到许中杰手里,一字一句告诫道:"这盒子你到日本后才能打开,里面有接头人和接头地点。记住,一定要千万小心,如果给公安部门搜去,你可性命难保了!"

许中杰一听这话,吓得额头上冒出黄豆大的汗珠,他声音颤抖地问:"你、你是……"白依娜双眉一挑,杀气腾腾地说:"看得出你是个明白人,不错,我是台湾特工人员,奉命在大陆搜集情报,这次就是让你携带机密文件去日本的。"

许中杰只觉得自己的心脏在急剧地跳动,发出"咚咚咚"的声响,也不知是股什么力量支持着,他突然变得强硬起来,用手一指房门,吼道:"你、你出去,我死也不当特务!""啪"白依娜怒目圆睁,冲上去抡起手臂狠狠地扇了许中杰一个耳光:"你这小子,敬酒不吃吃罚酒呀? 实话告诉你,我根本没怀孕,你签字的那张卡片也不是人流卡,而是申请加入我们组织的表格,如今你填了表,帮我们送了情报,还收了活动经费,现在想不干了? 哼,等着砍脑壳吧!"

许中杰"扑通"一声瘫倒在地。他明白自己已经陷入泥坑,并且越陷越深,根本无法自拔。白依娜见他久久不吭声,一弯腰抓住许中杰的衣领,脸对脸地威吓道:"缩头一刀,伸头一刀,你要敢不干,我现在就送你上西天!"许中杰浑身发软,他泪流满面地哀求道:"白小姐,你就饶了我吧。"白依娜抬手看看表,不容对方再拖延时间,干干脆脆地警告道:"如今是干要干,不干也要干,这是命令! 记住,赶快收拾行装,后天我送你上机场。哼,你小子要是耍滑头,小心吃枪子!"说完一甩手,开门冲了出去。

月光皎皎,夜色溶溶,黄色路灯光洒在宁静的马路上,给人以一种柔和的感觉。白依娜急步走了一段路,停下脚步,仰望星星闪烁的苍穹,不由得长长地出了口气,接着她又抄小路匆匆奔跑起来,不一会来到淮海路,在一家电话亭前站住,左右看看,确信无人跟踪,就一头钻了进去,拿起话筒,连拨了几个号码,轻轻问道:"喂,你是公安局吗……"

魔　鬼?

上海虹桥机场国际候机大厅里,人来人往,好不热闹,来自不同国度,操着不同语言,身着不同服饰的旅客聚集在这里,等待着出境,在这拥挤嘈杂的人流中,此刻出现了两个不显眼的中国公民,女的趾高气扬,旁若无人;男的垂头丧气,精神不振。他们就是白依娜和许中杰。

许中杰自从被白依娜逼上贼船,人变得痴痴呆呆,他感到自己再这样走下去,一旦真相暴露,那非步父亲的后尘不可。他也想过去公安局投案自首,但一想起自己已经填过表,参加过特务组织,再加上家庭那个黑锅,便又很快地打消了这个念头。如今许中杰像大海里一只小舟,只得随着风浪漂泊,一切只能听天由命,让命运来安排了。

许中杰混混沌沌地在矛盾中过了两天,今天上午又像木头人似的被白依娜带到了虹桥机场。眼下,白依娜见许中杰一副失魂落魄的样子,心里有些着急,她用手狠狠捏了对方的手,低声警告道:"你这副样子怎能出境,快打起精神,只要过了这最后一关,到了日本就能过人上人的生活。"许中杰用手摸摸胸口那只要命的圆扁盒,又看看机场那些值勤的公安人员,脖颈里感到一阵阵发冷,他再一次带着哭腔哀求道:"白小姐,东西还给你,你另派人干吧。"白依娜一听,双眼一弹:"什么,到了这种地步你还打退堂鼓,你不想活了?""我、我不想走我父亲的路哇!"白依娜一愣,很快反应过来,她怕对方再啰唆下去会引起旁人注意,就把眼珠一转,从衣袋里掏出一个小瓶子,阴森森地说:"你不想挨枪? 那好办! 这是氰化钾,万不得已时喝下它,保你无痛无痒。"许中杰接过剧毒药,嘴里嗫嚅着:"我喝,我会喝的。"白依娜一撩袖口,看看时间差不多了,又叮嘱几句,这才一摆手:"我走了,祝你一路顺风。"话音一落,便像影子一样,一闪身,钻进了人群。

候机大厅的广播响了,飞往日本的班机即将起飞,旅客们手持护照和签证,有秩序地走过出境验台,接受边防官员的检查。许中杰忍不住又是一阵慌乱,但事到如今,就是进屠场也得硬着头皮上了。他理了理服装,慢慢地跟在后面。到了验证台,当许中杰刚递上护照和签证,突然从一旁过来两个公安人员,他们接过护照仔细一检查,声音不大,却十分威严地说:"先生,你的护照有点问题,请跟我们来一下。"一见公安人员,许中杰顿觉天旋地转,眼前一阵漆黑,"哇"一声喷出一口鲜血,人朝后一仰,便晕了过去。

这时候,白依娜叼着烟卷正在候机大厅门口,见此情景,她像魔鬼似的阴阴一笑,猛地一掉头,几步钻进了外面的出租汽车,一阵风似的出了机场。

许中杰很快被转送到公安部门的特别医院里,经过抢救,慢慢地苏醒过来,他睁开眼睛,当看见头戴大盖帽、佩戴领章帽徽的公安人员时,立刻一纵身跳下床,推开过来搀扶的医生,发了疯似的喊:"我坦白,我坦白!"说着,竹筒倒豆子,将自己怎么认识女特务、怎么为特务送情报这些事,一五一十地交代出来。

许中杰的举动,倒使公安人员大感意外,他们互相商量了几句,就严厉地问:"你都交代完了?""完了,完了。""再想想,恐怕还有更重要的事藏着吧?""没,没……"许中杰"有"字未出口,猛地想起身上带的那个扁圆盒,"啊哟!"自己真是吓昏了头,这么重要的事怎么忘了?所以要紧将扁圆盒掏了出来。公安人员接过扁圆盒,放在耳边听听,没什么动静,就小心翼翼地打开,见里面放着一张薄薄的白纸片,上面没有一个字,放到灯下照照,也没发现什么特别之处,就让技术人员拿去作鉴定。

许中杰交代完后,人反倒觉得清醒了许多,想起自己为了出国,竟干起特务勾当来,一时间悔恨交加,不由得抱住脑袋"呜呜"地哭起来。公安人员在旁边冷眼观察,待他哭得差不多了,才继续问:"许中杰,你的问题全交代完了?""完了,我真的什么秘密都没有了。""党的政策是坦白从宽、抗拒从严,你别再抱什么幻想了。""我、我真的全坦白了。真的,如果有假,随你们怎么处置。""那你的枪为什么不交出来?"一听枪,许中杰惊得跳了起来:"天呀,我哪来的枪? 我连枪的影子也没见过呀? 呜呜呜……"公安人员见他这副模样,以为他在装假,心里有些冒火。因为前些天,他们接到知情人的报告,许中杰将携带情报出国,随身还带有枪。眼下看,这个情报是正确的,许中杰被抓获,扁圆盒也交了出来,可是他为什么不肯将枪交出来呢? 公安人员又对许中杰进行了审讯和搜查,结果仍是一无所获。许中杰除了承认自己参与特务活动外,什么有价值的证据也没有,就连白依娜,他也只知道姓名,其他一概不知!

许中杰见事情越弄越复杂,知道自己就是跳进黄浦江也洗不清了,不由得万念俱灰,想起了白依娜临走时给的那瓶毒药,他趁旁人不注意,悄悄地揭开盒子,刚要朝嘴里倒,一个公安人员眼明手快,一个箭步蹿上来,扬手夺了下来,许中杰好像听到一声枪响,尖声叫了起来:"让我死,让我死……"

因为牵涉到特务案件,国家安全部又专门派了有经验的老侦探协助破案,他们为此也走访了许中杰的工作单位和居住的街道,可是调查下来,人们都不相信许中杰会当特务。更令人百思不解的是:那扁圆盒里的白纸经技术部门鉴定,什么秘密也没有,仅仅是一张普通白纸;而那瓶用来自杀的毒药水,经化验,也仅仅是普通的凉水,根本没有毒。奇怪呀,这难道是儿童游戏? 公安人员经过多次正面接触,发觉许中杰说话颠三倒四,神情疯疯癫癫,便怀疑他会不会是神经系统出了毛病? 为了判明真假,他们立即驱车把许中杰送到精神病防治院,经院方用最现代的仪器检查,结论是许中杰是个神志正常的人!

这样奇怪的案子,就连久经沙场的老公安也有些莫名其妙了,这个人为何要这样做? 经过公安部门研究,决定先释放许中杰,实行外松内紧的监视。

经过这番惊心动魄的折腾,许中杰的身体完全垮了,本来就瘦削的身体现在看起来更是瘦骨嶙峋,以至每走几步路,就像重病人那样停下来喘几口气。回到家,他没有立即扭亮灯,依着门,心中只是无言地流泪。

这时,里屋传来"窸窸窣窣"的声响,许中杰以为是老鼠,摸索着扭亮电灯,见屋里似乎有人动过,他估计是公安部门搜查后留下的痕迹,也没介意,可是当他目光扫到桌子上时,他怔住了。只见圆桌上摆了几个罐头和几听青岛啤酒。怪呀,难道公安部门还给我准备了夜餐? 就在许中杰纳闷不解时,忽然听卫生间门轻轻一响,从里面飘出一个身穿白色连衣裙的幽灵。许中杰定睛一瞧,"啊呀"一声,身子就斜在了门背上……

杀　手?

从卫生间出来的幽灵,不是别人,正是白依娜!

白依娜阴沉着脸,走到门边,侧耳听听外面动静,这才盯住许中杰,冷冰冰地问:"许先生,你知罪吗?"许中杰的大脑思维又开始混乱起来,嘴里咕咕哝哝,不知说了些什么。白依娜一抬手把他拉到圆桌边,又一按他的肩膀,许中杰很听话地坐了下去。白依娜随手拖过一张椅子,在他身边坐下,开门见山地说:"许先生,你可闯下了大祸啦。"她见对方木愣愣的没啥反应,又伸出两个手指,加强语气说:"如今台湾方面讲,你丢失了绝密文件,背叛了党国,这样你即使能到日本,按照惯例,我们的杀手也不会轻饶你;同样,从大陆方面讲,他们已经认定你是特务,想必迟早也要收拾你。这一下,我看你是彻底的无路可走了。"

许中杰木然地抬起头,他看到白依娜骇人的大眼里布满了通红的血丝,那本来就让人感到深不可测的瞳孔里,燃烧着一股复仇的火焰,炙得他通身冷汗淋漓,连话都说不圆了:"这、这……我该怎么办?"

白依娜上下牙齿格格地响着,略一思索,探过身子,将两听啤酒"啪"地打开,接着从口袋里取出两只小纸袋,一撕口子,把白颜色粉末倒进听头内,把一听推到许中杰面前,毫无表情地说:"去极乐世界吧,这是最好的解脱办法!"

许中杰这些日子一直处于惊恐绝望状态,他的神经再也经受不住如此残酷的折磨,听白依娜这么说,两道热泪流了下来,罢了,既然命运如此折磨自己,活着又有什么意思,他一把拿起面前的听头啤酒,摇了两下,不甘心地长叹一声:"我的命苦哇!"说完,一仰脖子,"咕咕咕"把一听啤酒全喝了下去。

白依娜见许中杰毫不犹豫地喝下啤酒,她那冰冷的脸上露出了一丝惨然。她呆呆地望着,直到许中杰"砰"的一声摔掉空听头,才猛然惊醒。她"呼"地站起身,烦躁地在屋子里来回走动着,好一会,才站定身子,声音颤抖地说:"许先生,你剩下的时间不多了,我想问你一句,你恨我吗?"许中杰厌恶地盯着这张魔鬼般的脸,愤愤地骂道:"白依娜,我和你无冤无仇,你为什么要把我逼到这般境地?""无冤无仇?"白依娜突然脸色铁青,胸脯一起一伏,憋了许久,抬手朝墙上一指,歇斯底里地喊道:"你问他!"

许中杰顺着白依娜所指的方向,他看到了墙上那只大镜框,仔细一瞧,不由得倒吸一口冷气,不知什么时候,照片上父亲的两只眼睛被挖成两个大洞,脸上还被用红笔打了个"×"。许中杰想到了什么,呼吸更加急促:"我父亲他……"白依娜两眼死死盯着相片,咬牙切齿地说道:"父债子还,公平合理,我把一切都告诉你……"

这到底是怎么回事呢?讲起来真是三岁死了娘,一说话就长。原来,白依娜出生在一个大富商家,学生时代就有上海西区"一枝花"的美称,那时她像一个骄傲的公主,到处是羡慕的眼神。17岁那年作为知青去内蒙古,不幸被许中杰的父亲强奸,从此便成了这个男人的泄欲工具,被百般摧残和玩弄。以后东窗事发,许中杰的父亲虽被处决,但泼在白依娜身上的污水却越积越浓。不久,她怀孕了,挺着肚子下地劳动,走到哪儿,遭人白眼,受人奚落,后来她生下了一个小男孩,日子更苦,污言秽语泼得她再也无法活下去了,她狠狠心,抱着孩子跳下河,结果她被人救起,而孩子却淹死了。以后白依娜又被逼转到一个穷山沟,不明真相的人都把她当"破鞋"对待,什么样的人都可以支使她、侮辱她,就连她的父母也不认她,不久以后去日本定居,狠心抛弃了她。白依娜有冤无处申,有苦无处讲,她在泪水中浸泡了十多个春秋,在耻辱中熬过了人生最宝贵的年华。冤屈、痛苦和耻辱,在她的心里渐渐地燃起了一股复仇的怒火,随着年龄的增长,这股火焰越烧越旺,常常搅得她坐卧不宁、彻夜难眠。白依娜虽然心里清楚,自己的仇人已经带着肉欲的满足走向刑场,但她那变态扭曲的心理,却认为许家欠她的这笔账并未了结,在一种失去人性的复仇心理驱使下,她从内蒙古返回上海,找到了许家后代。前段时间,她故弄玄虚,百般折磨许中杰,就是出于这种发泄和报复心理的需要。她要亲眼看着许中杰在精神上一步一步走向死亡,于是就有了前面那一系列扑朔迷离的故事。

许中杰硬撑着身子听完这番诉说,他的眼皮垂下了,他想起父亲给白依娜一生带来的巨大灾难,他的鼻子有些发酸,然而当他一想到白依娜残忍地报复无辜,又不禁怒火中烧,恨不得一拳砸扁眼前这个失去理智的该诅咒的女人!就在这时,药性在许中杰身上开始发生作用了,他感到口燥、胸闷,额上冒出颗颗豆大的冷汗。他知道自己在这个世界上的时间不多了,便挣扎着说道:"你知道吗? 这些年,因、因为我父亲的问题,我、我同你一样,也尝尽了人世间的痛苦! 我没有对不起你的地方,你、你杀了我,你、你良心上过得去吗……"白依娜身子在颤抖,脸上挂满泪水,她上前一把抓住许中杰的双臂,声泪俱下地说道:"别说了,别说了,中杰,我求求你再也不要说了! 我知道你是好人,是无辜的,我也有过好几次想停止自己的报复行动,可是我终究身不由己,无法控制自己变态的心理。中杰,原谅我,原谅我吧! 到了阴间,我还你的债!"

白依娜嘴里说着话,忽然一个转身,伸手抓起圆桌上另一听啤酒,一仰脖子就要往嘴里倒。就在这时,许中杰双眼圆睁,不知哪来的一股力气,他一挥手臂,"叭"一声,白依娜手中的啤酒听被打飞出一丈多远,酒液冒着白色泡沫汩汩流了一地。这时,许中杰七孔流血,一阵摇晃,"扑通"一声倒在地上。

白依娜在惊愕中回过神来,"中杰……"她一声惨叫,猛地扑到许中杰的身上……

(吴　伦)

畸形情恨仇

爱和恨看来是不能互相抵消的，它们可以同时并存，使你发疯。

畸形情恨仇

妒　火

　　动乱年代的一天傍晚，地处长江边的江城市，除了偶尔从远处传来两派为争夺据点发生的零星枪声外，全市倒显得平静。这时，从市"革委会"的大院里走出一个人来，只见他五十出头，中等个儿，正方脸，神情严肃庄重，身穿干部服，迈着正方步子，慢慢朝前走去。他就是江城市第一个结合进"革委会"的革命领导干部任舟。任舟，曾任江城市第一任宣传部长，"文革"前是市委文教书记，平时表情严肃，不苟言笑，一向以铁腕式领导干部闻名全市。也许由于长期的操劳，他已过早地谢顶，额头上布满了深深的皱纹，看上去比他实际年纪要苍老得多。一天工作下来，任舟感到精疲力竭，烦躁不堪，他想排解一下郁积在心头的烦躁，便沿着两旁森林树木，信步走着，不知不觉，迈进了文化公园。

那个年代的公园，游人几乎绝迹，到处是一副衰败的景象。任舟穿过一片幽暗的樟树林，前边是一排法国冬青的树墙，任舟沿着树墙走了一段，见有一个豁口，便抬步跨了进去。谁知眼前的情景使他大吃一惊：一对男女正傍着树墙紧紧拥抱在一起。那对男女见有人进来，惊得慌忙分开。任舟一看，那个满脸绯红的女人，竟是自己的妻子夏绮云。

这下子对任舟来说，犹如头顶挨了一个炸雷，震得这位经历了南征北战的领导者差点晕倒。他两眼发直了好半响才缓过气来。这时候，夏绮云仿佛已从惊恐慌乱中镇定下来，脸上毫无羞怯表情，只是冷冷地盯着他。而那个年轻人也没仓皇逃跑，他站在一旁，眼里放射出挑衅性寒光，盯视着他。任舟再也无法抑制满腔怒火，他冲上去扇了夏绮云一个耳光。夏绮云没有躲闪，也没有表示屈服。年轻人没有后退，反而更靠近夏绮云。任舟怒不可遏，当他再次挥手朝夏绮云脸上打去时，被那个年轻人的胳臂架住了。年轻人用戏谑的口吻说道："要文斗，不要武斗。"

任舟气得脸色发青，吼道："放屁！"

"什么？最高指示是放屁？"年轻人带着玩世不恭的口吻说，"革命的主任，这可是要坐牢的。"

"你……"任舟气得索索发抖，"流氓！"

"哈哈哈哈！"年轻人发出一串获胜大笑，一甩头扬长而去。

回到家里，任舟像一只受伤的豹子，在房间里来回踱步。夏绮云的不忠，使他蒙受了奇耻大辱，他气恼，他嫉恨，他恨不得暴跳起来和夏绮云大吵大闹，甚至大打出手。然而，理智在不断警告他降温、降温、再降温。因为在这个城市里,对于他以及他的家庭的任何丑闻,都是敏感的政治问题,他刚刚结合进新生的革命委员会,不能因为一个女人而葬送了自己为之奋斗了大半辈子的政治前途。然而,他也不甘心就这么咽下这口气。他苦苦地思索着,毛病究竟出在哪里,是夏绮云的风骚,还是那个年轻人的勾引?是初犯,还是……

任舟紧捂着脸,他不敢再往下想。他始终弄不明白,夏绮云为什么会背叛他这样一个在政治、地位、权势等方面其他人均无法攀比的丈夫。她,有什么不满足的?于是,情不自禁地在他的脑子里浮现出他与夏绮云结合的情景。

五十年代初期,年仅三十多岁的江城市委宣传部长任舟,向比他小十五岁的小学教师夏绮云热烈地求爱。夏绮云是江城名门望族的闺阁千金,她的父亲是江城名流,以开明人士身份当了副市长。夏绮云天生丽质,解放初,虽说穿的只是当时革命者时行的灰制服,但她穿在身上,竟更显独具神韵的秀美。

对于任舟的追求,夏绮云虽然看到他们之间在年龄和文化上的差距,然而质朴、天真、崇尚革命的她,认为自己这个非无产阶级家庭乃至她个人,更需要加进工农大众的思想和血液,于是,她在思想感情上不断地说服自己。任舟则借"个别谈话"常常谈到深夜,终于有一天深夜,这位北方汉子如愿以偿,把她搂到了怀里……

随着岁月的推移,任舟成了个不苟言笑、严谨、刻板的党的书记。农民意识,专断作风使他在党内不容许有不同的声音,并且获得了成功。同样,他也把这种作风带到了家里,他认为夏绮云是他的老婆,仅仅属于他。他不准她参与社交,这自然遭到夏绮云这位开放型的知识女性的坚决反对,夏绮云对任舟说,她不属于任何人,她要保持独立的个性。经过几次激烈的冲突以后,任舟只得让步,求得妥协。然而,任舟对夏绮云的让步是有限度的,他岂能容忍妻子竟敢对自己不忠!

任舟正思谋着怎么处置夏绮云时,夏绮云像往日那样给他端来一杯茶,任舟狠狠地横了她一眼,谁知她却若无其事。都两个孩子的妈妈了,还是那么风骚,紧身小袄,耸起的乳峰,高高的裙裤,裸露的小腿,这一切往日他看了是那样赏心悦目,可今晚看来太刺目了,他骂一声:"妖精!"一抬手,粗暴地把茶杯"哗啦"撸到地上,横眉怒目地吼道:"你给我交代!"

"交代?交代什么?"夏绮云声调平静,一副不卑不亢的神色,直视任舟那气歪了的脸。这更惹火了任舟,他吼道:"告诉你,打老婆不犯法!"说罢,挥起拳头。夏绮云竟一挺脖子一甩头,摆出认打不屈的样子,任舟扬起的拳头在半空中停住了。

两个人僵持着,足足有两分钟。任舟的理智终于占了上风,他收回拳头说:"好,我不想只触及你的皮肉,但一定要揭批你那肮脏的灵魂。光天化日之下,你干下了那种见不得人的丑事,你说,你还有理吗?"

夏绮云只轻轻地叹了口气,没有说什么,她俯下身去,慢慢地把地上的碎茶杯片一块块捡了起来。这是个夫妻间都能理解的信息,双方已开始降温。

任舟一屁股跌坐到沙发上,声音缓和了些:"告诉我,你们已经到什么程度了?"

"什么程度?"夏绮云开头还不明白任舟这话的意思,"不就是你看到的程度嘛!""只能到此为止!你得向我保证,从此悬崖勒马!你答应吗?"

夏绮云默默地点了点头。

任舟又问道:"他叫什么名字?是哪个单位的?"夏绮云没有吭声,任舟又提高音调:"你为什么不回答我?"

"够了!"夏绮云不耐烦起来,"别自寻烦恼了,我们从此都不再提他,总好了吧?"

任舟的妒火又升起来："你这是什么意思？你还想保护他？"

任舟这话激怒了夏绮云，她怒目望着任舟："你想报复他吗？那我就实话告诉你，他还年轻，是我主动……"

"你真不要脸！"任舟听夏绮云说出这话，心口像被巨石猛击一下，他像一头被困的狮子在屋子里东突西闯，铁青着脸嚷道："你、你存心想毁了我，想毁了家。你好狠毒啊！你这个臭婆娘黑了心啦！我告诉你，我的忍耐是有限度的。我现在宣布，从明天起，你给我病休在家，不许你再在外边惹是生非！革命委员会主任有这个需要，也有这个权力！"

夏绮云听了这些话后，轻蔑地从鼻子里哼了声："我可不是你笼子里的一只鸟。""市革委会主任的头上也不能让老婆蒙上绿头巾！"

夏绮云轻蔑地瞅了任舟一眼，讽刺道："那你有用吗？没出息！"骂完一扭屁股，"砰"反锁上门自顾走了。

一听从夏绮云嘴里说出了"没出息"这句话，任舟像只炸了气的皮球，颓然地跌坐在沙发里。一个高居全市一把手交椅的任舟，竟被妻子斥之为没出息。他虽然气得发昏，却只能把酸水往肚里咽。作为丈夫的任舟自己清楚，长期的操劳使他落下了肝病，并随时有癌变的可能，四十五岁以后，用不着医生关于"节制"的规劝，他自己便慢慢对夫妻交欢失却了兴趣，到了眼下，他对此事更加淡漠了，可他却没去想想，他的妻子夏绮云正当三十五岁的盛年。

今晚，夏绮云公然骂他"没出息"，表明她又是多么需要那个"有出息"的。任舟的嫉愤燃烧到了顶点，他咬牙切齿地暗暗骂道：老子为革命把身体操劳垮了，正需要做妻子的抚慰、温存和鼓励，可这个丧尽良心的女人竟无耻地只顾自己寻欢作乐……

任舟思索良久，结论是，资产阶级腐朽没落的生活方式已从他的家庭打开了缺口，这是一场严峻的阶级斗争，在这场斗争中,他要坚决果断地打主动进攻战。

谁知没等任舟拿出如何打主动战的方案,他妻子和那个小伙子已双双外出"参观"去了。

畸　恋

和夏绮云私奔的小伙子叫仇侠,是市文化馆的美术干事。

四年前,仇侠二十六岁从美院毕业,主动要求分配到江城。初到文化馆,他对文艺组这位活泼得像鸟儿似的书记夫人从不理睬,有时偶尔在楼道里碰见她,眼神里总是进射出一种比刀还锐利的寒光。夏绮云敏感地觉察到这年轻人仇视她,但她一点也不怪罪他,她深知自己所处的地位太微妙了。

但是,时光改变了仇侠的看法。他发现这位书记夫人不同于一般,她的气质、她的教养以及她的美貌更像是一位艺术家,而不是一个俗不可耐的官太太。渐渐地他从蔑视她、仇视她变成了偷偷地喜欢起她来。

在那个年代,仇侠这位美院的高材生,自然不满意只是充当涂抹红海洋与大块字的蹩脚的油漆匠,因此,大量的时间里,他总把自己关在自己的小画室里,在派仗纷争的年月,谁也不知他在干什么,谁也无心管他干什么。

有一天,仇侠正在小画室里潜心临摹一幅安格尔的《泉》。这是法国十八世纪画坛一代宗师的举世名作:呈现在眼前的是一位美玉般少女的裸身躯体,神态安详,纯真无邪的目光像清泉般的晶莹。这是一位老教授给他的,仇侠把它视若珍宝。当他涂上最后一笔,正从各个侧面端详画面时,突然听到背后发出一声由衷的赞叹:"嗳!多美呀!"

这一声赞叹使仇侠大吃一惊,他回转身,见是夏绮云,顿时吓得脸色苍白,手中的画笔"啪"一声失落在地上。因为在那个特定年代,画一个洋人裸体画,而且被市革委会主任的太太看到了,能有什么好下场?

夏绮云见仇侠吓成这样,忙安慰说:"放心吧,我已经把门锁上了。你也真够粗心大意的,我站在你身后足足看了半小时,要是让别人见了,你可有好果子吃了。"

仇侠将信将疑:"这么说,你、你不会告发我?"

"咯咯咯咯!"绮云一边笑着,一边说,"你看我是那种人吗?在一个单位共事,你还不了解我的为人? 其实,我早就见过这幅画,你还不知道我们夏家是书香门第吗? 至今我还保存了我父亲留下的一部分书画,假使你需要,我还愿意送一些给你。"

仇侠十分激动地说:"想不到,你的心地这么善良!"

夏绮云"嘻嘻"一笑,带着嘲讽的口气说:"我总算听到你说我一声'好'了,你刚来那阵,好像恨不能一口把我吞了。"

仇侠感叹地点点头又摇摇头,默默地陷入沉思。

以后,夏绮云翻出了父辈留下的画刊,选了几本悄悄送到仇侠手中。仇侠打开一看,是欧洲文艺复兴时期的大师米开朗琪罗、拉斐尔等的一些传世之作,在当时的中国,这类画册,已成了稀有的秘藏珍本。仇侠如获至宝,从此,他把绮云当作了艺术上志同道合的良师益友,他们常在一起热烈交谈,从绘画到小说,又从小说到社会,谈到人,谈到十九世纪西欧大作家共同追求的个性解放……仇侠惊诧地发现,出身名门的夏绮云知识渊博、思想活跃,身上一点也没有官太太的那种俗气。

空闲时,仇侠还是不停地临摹,以此排解他长期郁积心头的躁动。有一次,夏绮云不满地说:"临摹出不了大画家,你应该到大街上去,画真实的人。"

仇侠连忙摇头:"现在只有疯子才这么干。谁肯当我的模特儿? 你肯吗?"

"我怎么不肯? 问题是你敢吗?"夏绮云那深情的目光中带

着挑衅的神气,仇侠毫不畏怯:"当然敢!"

于是,每天夜晚,当任舟去参加那没完没了的学习会时,夏绮云便借口活动去当仇侠的模特儿。当然,他们都把握分寸,从不裸体。然而,他俩的关系,已从最初的嫉恨到理解,从理解到信任,现在仇侠又从直接的描画中,发现这位名门闺秀原来是这般的仪态万方、娴静雅美。多少次,当夏绮云脉脉含情地注视他时,他禁不住心摇神荡,一种渴望亲近她的欲望在升腾。

半个月过去了,当仇侠终于完成夏绮云的一幅肖像油画时,他如释重负地吁了一口气:"叫我怎么感谢你呢?"

夏绮云深情地注视着他:"你真的要感谢我吗?"

仇侠真诚地点点头:"当然。""仇侠,别说那种话。"她声音柔和地说,"你说一句真心话,你觉得我这个人怎么样?""好!""你喜欢吗?""喜欢!"

夏绮云的眼睛湿润了,她张开两臂:"我就等着你这句话。侠,来亲亲我……"

"我?"仇侠迟疑了一下,但他仅仅是轻轻碰了一下绮云的脸颊,正想退去,绮云却紧紧地抱住了他,把头靠在他的胸前:"侠,原谅我,我多么想你……"

"不,"仇侠慌乱地挣开绮云的拥抱,"绮、绮云,我喜欢你,你像大姐姐那样对我好,像《泉》里的少女那样纯洁透明,我不忍心破坏这一切。"

"你这是托词,是借口。"夏绮云突然如冷美人似的射出蔑视的目光,"你害怕他!在权势面前你胆怯了,既然你真的喜欢我,就该不顾一切地喜欢,可你……你还像个男子汉吗?"

一股热血直冲仇侠的脑门,他忽然眼睛里喷吐出一股怕人的火焰。哼,我怕他?笑话!他算什么东西!这么一想,他猛然一把把绮云紧紧搂进怀里,搂得绮云差点透不过气来,她轻轻发出一声呻吟。但她那柔软的充满弹性的躯体、那双闪烁着饥渴的眼神,那灼热的鲜红的双唇,很快使他全身酥软了,溶化了,他那铁箍似的双臂变得松软而热烈,终于,在频频的颤栗中他们徐徐地躺倒了……

仇侠给予夏绮云的爱,是狂暴的,有时是惊心动魄的,这正是长期性饥渴后的夏绮云所需要的,可有时,那种狂暴也让她感到惊骇。多少次,当仇侠在心理和生理得到发泄之后,他会长长地叹出一口气,很快陷人深深的痛苦之中。夏绮云也似乎察觉到这年轻人有着难解的心事,但她没有追问他,也不忍心追问。每当这时,她对他总是表现得特别温存、柔情,以此来抚慰这个似乎受过创伤的、比她小五岁的年轻人的心。如今当任舟发现他俩的秘密后,她又毫不犹豫地随着仇侠离开了江城……

探　　监

夏绮云和仇侠为何出走,去哪儿了? 谁也说不清,谁也不想去打听。而任舟则心里雪亮,他清楚,不可救药的妻子跟她的野汉子去度蜜月了。但任舟毕竟是个经过大风大浪锻炼的人。他闻讯后第一个反映是掩盖,他不能让这类丑闻危及他的地位和权势。因此,他在给文化馆长的电话里顺水推舟,说夏绮云和仇侠出去,是他批准让他们去外地取革命文化之经的。

任舟对外人虽然竭力掩盖得天衣无缝,而他内心的妒火几乎烧炸了肺。一回到家里,回到他那个幽暗的套房里,便感到空虚孤独,一股失落感和耻辱在吞噬他的心!

谁知出乎他意外的是,半个月之后,仇侠和夏绮云双双回到江城。乍一看两个人风尘仆仆,又瘦又黑,真像任舟为他们掩饰的那样,是辛辛苦苦去取革命文化之经的。所以,文化馆的干部们对他们的态度仍一如既往,这倒大大出乎他俩的预料。

这天晚上,夏绮云回到家里,任舟对她表现出异乎寻常的宽容。晚饭后，任舟和颜悦色地把她叫到那幽暗的套房里，拉她一同坐在沙发上，轻轻地抚摸着她那微乱的秀发，动情地说："绮云，为了孩子，为了我们这个家，我求你不要离开我，过去的事就让它过去吧。绮云，我不同于一般人，我只有委曲求全。"说到这儿，他已是泪流满面了。

丈夫的宽容，不仅大出夏绮云的预料，也使她深受感动，此时她不由暗暗自责，设身处地想想，她是做了对不起丈夫的事。所以她没有说什么，只是长长地叹了口气。她觉得冲着丈夫如此宽容大度，她和任舟还得维持这死水般的关系。

然而，夏绮云想得过于天真了。

在一个夜晚，仇侠突然失踪了。夏绮云闻讯惊呆了，她到处奔波，四出打听，还是没一点儿信息。直到一个月后，她才得知：在资产阶级猖狂复辟的逆流中，仇侠以黄色下流的黑画向党、向"文化大革命"发动进攻，证据属实，罪行严重，已判了重刑。

夏绮云似万箭穿心，她多方奔走，要求探监，均被拒绝，在走投无路的情况下，她只得求告任舟。任舟见妻子居然如此不忘旧情，妒恨得暗暗咬牙，但他不露声色，答应了解了解，可是拖了好多日子就是不给答复，这下夏绮云急了。

这天晚上，任舟正在沙发上闭目养神，夏绮云回来了。经过这许多天的奔跑折磨，她瘦多了。她进入套房，两眼直视任舟，说："实话对你说吧，那些黄色书画都是我给仇侠的，要判仇侠，得先判我！"

任舟笑笑说："他全都认了，白纸黑字，都已上报，你怎么说也帮不了他的忙。"

"不——"夏绮云凄厉地呼喊着，"我要到公检法去自首，是我，是我！"

"你疯了？"任舟一听，惊得从沙发上跳起来，一把抱住夏绮云唬道，"这是要坐牢杀头的！"

夏绮云一边挣扎，一边坚决地说："为了救他，我心甘情愿。"

"你!"任舟嫉火升腾，"你，到底想干什么?"

夏绮云泪如雨下，"扑通"跪在地上，低声哀求道："我求你，救救他，你有这个权力。你答应我。任舟，只要你救了他，今后我、我一定对你好……"

任舟来回不安地踱步，"仇案"是他一石两鸟的得意之作。在夏绮云与仇侠私奔之时，他进入仇侠的画室，发现了夏绮云以及其他所谓"不堪入目的下流画"，他又恨又恼、又气又喜。他偷偷地把夏绮云的画像移去，然后亲自命公检法秘密地搜集了罪证，又秘密地把仇侠逮捕了。这个案子是任舟直接抓的，在他的推波助澜之下，"仇案"成了全省典型的反革命复辟案例。鉴于仇犯坚持反革命立场，已上报判了死刑。眼下面对夏绮云的苦苦哀求，尽管他肚子里一百个不情愿，甚至妒火中烧，但他觉得不能不虚与委蛇，先把夏绮云稳住。因为他知道夏绮云是什么乱子都可能惹出来的。

任舟在屋子里来回踱了一会，装着沉吟许久之后，让夏绮云起来，说："好吧，我答应你，不过，你得一切听我的。"

夏绮云见终于得到任舟的许可，自然答应一切听他的。

第二天，夏绮云在任舟的陪同下去监狱探望仇侠。任舟是以对反革命分子作最后的争取进入监狱的。其实，他既是陪同，又是监察，他觉得去亲眼看一看蹲在铁窗后等死的不共戴天的情敌，也决非是什么不愉快的事。

他俩朝那森严壁垒的死囚牢房走去，穿过一条黑洞洞的甬道，跨过一道又一道铁门，来到一间铁栅牢房前，待监警离开后，夏绮云听到里面传出锁链与锁链摩擦发出的恐怖声。夏绮云没看清仇侠的人，首先发现了阴暗处的那双喷射出仇恨烈焰的眼睛。再一看，只见仇侠已被折磨得不成人形，满脸胡碴，骨瘦如柴，但眼神里那仇恨的烈焰却更加炽热。

　　见此情景，夏绮云肝肠欲断，她再也无法抑制自己，双手使劲摇撼着从铁栅空隙中伸过来的仇侠冰凉的手："仇侠！是我害了你，呜呜……你为什么不说是我……"

　　仇侠没有出声，他眼中泛起了一丝伤感，但只一瞬间，他那喷吐着仇恨烈焰的目光便射向绮云身后的任舟，吼道："你来干什么?!"

　　任舟不由打了个寒颤，他稳稳内心的虚怯，不得不走过场似的说几句："仇侠，你听着，我代表革命委员会，给你最后一次机会，如果你能不再坚持复辟的反革命立场，彻底悔悟，我可以考虑向上级申报，赦免你的死罪。"

　　"哈哈哈哈！"仇侠发出一串恐怖的笑声后问，"任舟，你这是真心话吗？"

　　任舟瞄了一眼夏绮云，说："作为革命委员会的主任，我是严肃的；作为个人，我是真心诚意的。"

　　"好一个真心诚意！"仇侠苦笑着，"任舟，假使你真有一番诚意，我求你，听我讲完一个故事吧。"

　　听到仇侠要讲故事，任舟和夏绮云一时都怔愣了。任舟想：死到临头了，还讲故事！他哼了一声："你讲吧，我听着。"

　　仇侠讲的故事，发生在三十年前，远离江城的北方一个山区里。有一天，有个十八岁的姑娘，在山间割草时，在草丛中发现了一个负了伤的八路军战士，她冒着生命危险把他背到家里，给他洗了伤口，用嘴咀嚼草药给战士敷药，她自己一家吃糠咽菜，却省下白面，拿出像金子一样宝贵的鸡蛋，精心调养着那位战士。后来，战士完全康复了，从日夜接触中，两人产生了感情，一天晚上，姑娘又把自己最宝贵的青春献给了他。不久，战士返回部队，姑娘已怀有身孕，那个战士信誓旦旦地表示，此生此世永不忘她的救命之恩和生死之爱……

　　然而，那战士走后，一直没有音讯，姑娘却生下了一个男孩，小名叫药蛋。那可怜的姑娘日盼夜盼，革命胜利，整整盼了十年，一直盼到有一天，她手牵着从没见过父亲的药蛋，挟一身北国的风尘，辗转寻到江城，等待着与当了大官的丈夫相会。可是母子俩在招待所等了半个月，仍不见丈夫的影子，盼到的竟是一纸"战乱岁月包办婚姻"的离婚文书，有关人员像打发叫花子似的把他们赶出了江城。

这可怜的女人被忘恩负义的"革命者"抛弃以后，没有哭闹，只是默默地擦去泪水，又手牵药蛋回到贫瘠的土地上刨食，从喉咙口卡，从肚子里省，把药蛋培养到大学，最后，她熬干了生命的汁液，死前，抓着药蛋的手，捏着那个忘恩负义者走前留下的唯一的一块银元，用最后的一丝力气说："去、去找你父亲，告、告诉他，我、我至死未嫁……"

仇侠边诉边泣，讲到这儿已是泣不成声。任舟的脸像死灰一样怕人，他头上直出冷汗。一旁的夏绮云开始以为仇侠在讲他母亲的遭遇，因为一个月前她与仇侠出走，就是到了仇侠的家乡，听仇侠讲了他母亲的事，还与仇侠一起祭奠了他母亲的坟。可眼下，她惊恐地注视着任舟的神色，预感到事情的不妙。

这时，仇侠咬一咬牙，眼中又喷吐出仇恨的烈焰："可是，她的儿子药蛋是个孽种，他没有执行他妈妈的遗愿。早在他被逐出江城后，在他的幼小心灵上就埋下了要为妈妈报仇的种子。他越来越认定，他妈妈一生的不幸，是那个寡廉鲜耻的'革命者'一手制造的，他要报复。可惜，命运没有成全他，他也干了不应该干的丑事。可是，他万万没有想到，他要复仇的那个人，却以莫须有的罪名，又一手导演了他亲儿子的死刑……"

"别说了……"任舟发疯似的吼叫起来，他怎么也不会想到，这个任舟居然和自己会是这样的关系！他"啊"的一声，终于支持不住瘫倒在地上。

亡　魂

任舟也不知道是怎么回到家里的,一到家他就倒在红木雕花床上转辗反侧,灵魂似乎已飞出躯体,脑袋昏昏沉沉,一会儿是自己躺在冰凉的土炕上,那位脸蛋红扑扑的姑娘羞涩地把他那失去知觉的双脚裹进自己热乎乎的怀里……一会儿又是他站在江城招待所的玻璃窗后,偷偷地窥视那个扎蓝头巾、皮肤粗糙、脸容呆滞的北方妇女,手里还牵着个拖鼻涕的孩子;突然,妇女和孩子都不见了,向他款款走来的是一位闭花羞月的名门闺秀……整整一个晚上,他一直在迷迷糊糊中,他感到干渴难耐,呼叫着:"绮云,绮云。"没有人答应他。

夏绮云再也不会来了。此刻她自身已陷入不能自拔的矛盾痛苦之中。除了任舟的权势,她和任舟的婚姻是不幸的。对于夏绮云,权势没有什么吸引力,她需要爱,一种志同道合的爱。这一切,仇侠似乎给了她。但如今,她终于看清,那不是她想象中至高无上的爱,那种挟带着阴暗自私的报复的爱,也算是爱吗?

自从夏绮云完全清楚任舟与仇侠的关系后,她悲愤难平,泪水涟涟,捂着脸奔出了监狱:这是作的什么孽呀,任家父子都在欺瞒我、愚弄我,我成了他们任家父子仇恨的牺牲品。然而,她还是深深地同情着仇侠,她觉得这一切的根子在任舟,他算什么老革命? 背信弃义的陈世美,道貌岸然的伪君子。因此,她毅然离开了家。

一夜之间,任舟仿佛苍老了十岁,第二天一早起来,他神情恍惚,拖着沉重的脚步,单独到监狱来探望儿子。

他双手抓着铁栅门,声音苍老而凄凉地叫着儿子的小名:"药蛋、药蛋!"

仇侠坐在草席上,像尊泥塑像,没有动弹。任舟继续哀叫着:

"药蛋,我的儿子,我、我来向你请、请罪。"说着,他伸出手去,想抚摸一下自己的骨肉,可是仇侠一转身,把背向着他,不理不睬。

任舟"呜呜"失声痛哭。此时此刻,他再也不是一个正襟危坐的"革命领导干部",也不再是言不离马列的道貌岸然的教士,命运剥去了他的一切伪装,恢复了人的良知和本性:"儿子,我、我对不起你妈,对不起你。现在说这些为时已晚,但我要尽力补救。我只求儿子你能宽恕我……"

面对任舟的哀告,仇侠心中泛起层层波澜,他眼中仇恨的烈焰黯淡了,泪水在他那深凹的眼眶里滚动。过了好一会,他才转过身来,"唉!"他深深地叹了口气,对面前这个乞求忏悔的人,不禁涌起了一股怜悯之情,"谁、谁也无权宽恕你,只有可怜的妈妈……"

任舟一听,眼里闪出了亮光:"药蛋,我一定祈求你妈妈在天之灵宽恕我的罪孽,我要竭尽全力,挽救你的生命。儿子,快在这张纸上签字吧,这是我代你写的检讨,你只是一时糊涂,我已写好要求对你减刑的报告,快签吧,关键在于态度。儿子,快,时间不多了!"

一刹那间,仇侠眼中又喷射出咄咄逼人的寒光,他真想痛痛快快地把任舟骂个狗血喷头,但他没有骂出口,他脑子一转,说:"好,我可以签,不过,你得答应我条件。"任舟迫不及待地点头说:"我答应,一定答应。"

"你敢把你过去的一切,妈妈对你的奉献,你对妈妈的背信弃义,去向江城人民公布于众吗?你敢撕下自己的伪装,回到妈妈挽救你生命的山乡,向老区人民、向妈妈的亡灵请罪吗?这一切,你敢吗?"

任舟沉默了,过了一会,才吞吞吐吐地说:"你说的当然……当然也有道理,可是……可是,儿子,此刻最重要……最重要的是,我要救你……""不!"仇侠吼道,"需要拯救的是你而不是我!""儿子,请你……宽恕我……""你滚,滚!我永远不会宽恕你!"

任舟绝望地离开死囚监狱。但他回去后还是送上了他写的要求对仇侠减刑的报告,可是省"革命委员会"没有理睬,对仇侠执行的批文下达了。

批文送到任舟手中,只等他签字后立即执行。当晚,任舟没有回家,他在办公室通宵达旦,思想激烈斗争。任舟深深知道,他的笔一落到批文上,不仅是宣判了亲生骨肉的死刑,也是对自己道德和政治生命执行死刑,这支笔比千斤重呀!他两眼看着批文,无论如何也难以落笔……

任舟伤心地哭着。不过,他感激儿子,儿子虽然使他的灵魂终身难以安宁,但儿子对外界守口如瓶,保住了他革委会主任的位子,也保住了他任舟的面子。然而,这几天他感到自己的生命快要为这一切耗尽了。

精疲力尽地挨到黎明,恍惚间,任舟看到儿子拎着血淋淋的头颅向他走来:"任舟,我永远也不会宽恕你!"他内心一阵绞痛,眼睛发黑,倒在了地上……

在召开任舟追悼会的同时,仇侠被绑赴刑场。

夏绮云认领了仇侠的骨灰,星夜赶往北国山乡,按仇侠生前愿望,安放到他妈妈的身旁。愿这一对不幸的母子在地下安息吧!

不久之后,江城人经常会看到一个脸色浮肿泛黄的妇人,目光呆滞,怔怔地行走,口中絮絮叨叨:"我作了什么孽?我作了什么孽?"她就是依旧活着却得了精神分裂症的夏绮云。

(李昌达)

真 正 的 被 告

那些因贪图更大的利益而把手中的东西抛弃的人，是愚蠢的。

真正的被告

多 情 的 早 晨

地处长江边的江海平原上,有个南风农场。1969 年初,农场里来了一批吴胥市的知识青年,在这批青年中,有位漂亮的姑娘,叫柳蓉。年方十八的柳蓉长得苗条、匀称、丰满,长长的睫毛,大大的眼睛始终含着笑意,妩媚中蕴含着无限柔情。然而,当你细细端详,她那眼神中更隐隐显露出刚毅和主见。

漂亮端庄的柳蓉姑娘,来到这么一个偏僻的江滩边上,自然会招引小伙子热辣辣的目光。不少小伙子想方设法接近她,没话找话地与她搭讪。可他们得到的除了柳蓉浅浅的一笑外，谁也没能更进一步。于是，每当夜幕降临的时候，柳蓉住的小屋外面就一阵阵地响起《康定情歌》来，那歌声倒是很深沉、撩人和真切的，然而，柳蓉的小屋屋门始终紧闭着，屋内寂静无声。小伙子们弄不清柳蓉在干什么，他们唱了一阵后，只得怏怏而去。

和柳蓉同一个队里，有两个小伙子。一个叫刘陵，他个头长瘦，脸儿微黑，言谈直率，举止也较有风度。他见了柳蓉，总是含笑点头，彬彬有礼。另一个叫邢一亭，白白净净的脸，身材适中、结实，平时很少言语，除劳动以外，就是看书。对柳蓉这个公认的美人，他却是视而不见，见面了连招呼也不打一个。

柳蓉每天晚上紧闭小门，在干啥？有一天，刘陵无意中发现了秘密。那天傍晚，柳蓉收工后匆匆往她那小屋走去，忽然从口袋里掉下一本书，因为走得匆忙，她竟未发觉，恰巧刘陵走在后面，拾起来一看：是一本《服装裁剪例图》。他望着手中的书，琢磨来琢磨去，最后断定柳蓉肯定喜欢裁剪。刘陵为发现柳蓉的爱好，并因此能得到与她接触的机会而欣喜万分，他连夜来到柳蓉的小屋前，用手轻轻敲着门。柳蓉打开门，刘陵毕恭毕敬地双手递上书，说："柳蓉，你掉的书。"柳蓉接过书，报以浅浅一笑，说了一声："谢谢。"就要关门，刘陵哪肯放过这个好机会，忙又问："你喜欢裁剪？""是的。从小就爱好。""我能帮助你。"柳蓉又报以浅浅一笑，淡淡地说："我、我只是爱好而已。谢谢你替我送来了书。"说完，就轻轻把门关上了。

过了几天，刘陵将两本千方百计弄来的裁剪书送给柳蓉。柳蓉推辞不过，收下来说："我借了看几天就还你。"

刘陵见柳蓉肯收下书，心想：这不就是良好的开端吗？不料经过好几个月的努力，却进展极微，心里不免暗自着急。然而就在这时，他舅舅来信告诉他，不久就要把他调回城了，调令马上就发出。在这个时刻，刘陵只好给柳蓉写了一封情书。

没几天,调令果然到了农场,刘陵就要回城了。临走前的晚上,刘陵敲响柳蓉小屋的门,问柳蓉:"我要走了,你有什么话要说吗?"柳蓉仍旧浅浅一笑,说:"很感谢你的帮助,我很尊重你的感情,不过,你有更需要你去的地方,祝你鹏程万里。"

第二天早晨,刘陵要走了,到汽车站送行的人中有柳蓉和邢一亭。刘陵见柳蓉来送他,很激动,他对邢一亭说:"一亭,我走了。柳蓉是一个极好的姑娘,我心里清楚,我托你照顾了。"

这些话,虽然说得很轻,却被柳蓉听到了。直到此刻,她才真正从心里觉得刘陵是真诚的,他不是一个轻浮的人。

刘陵走后,不断给柳蓉寄来一些服装裁剪资料,在此期间,也给她写了信,但信中只是一般性问候,从未提到求爱的只言片语。过了一段时间,通信中断了。

邢一亭虽不像刘陵那样直率地投寄情书和向柳蓉表白自己的感情,甚至见了柳蓉也表情冷淡,目不斜视,但心底里他早就看上柳蓉,并且在暗中密切注视着柳蓉的一举一动。他采取的是"欲擒故纵"的办法,他既不当面与柳蓉搭话,也不暗中送信,他悄悄地在做着关心柳蓉的事,渐渐地得到了柳蓉的好感。柳蓉觉得邢一亭比一般青年深沉得多,成熟得多。在她的心里竟奇妙地对他萌发了爱的火花。

一年秋天,农场让队里推荐两个名额去市工艺美术学校学习。队里一开始就推荐了柳蓉,柳蓉却将这个名额让给了邢一亭,她对队领导说,邢一亭聪明,美术基础也好,他去更合适。邢一亭一听心花怒放,他日夜盼望着回城,盼望着能上学读书。可是,为了更深地取得柳蓉的好感,他却坚决地向队领导表示:柳蓉服装裁剪和设计功夫很深,让她去深造。一个真心,一个假意,两个人推来让去,这倒感动了不明就里的队长,队长决定将他俩一起推荐出去。

那是在等候渡船过江回城的夜晚,柳蓉和邢一亭并肩默默地坐着,眺望着对岸闪烁的灯光,两人都沉浸在遐想之中。

柳蓉心情十分激动,她到农场六年了,这六年来,她暗暗庆幸自己对服装专业的学习,尽管现在上的是工艺美术学校,但这对服装设计更为有益。她从心里感激刘陵的帮助。然而此时此刻,她最感兴奋的是能与邢一亭一起去读书,尽管他俩至今未明确吐露过彼此相爱的片言只字,但她心里蒙蒙胧胧地意识到:自己的一生将会和身边这个沉默的小伙子结下缘分。她已经爱上了邢一亭。

邢一亭也在想:脱离了农场的苦海,又有这么一个漂亮的姑娘爱上自己,他兴奋得差点儿狂呼起来。可是,邢一亭是个很能克制情绪的人,他有一种使喜怒哀乐不流露出来的本领,他更不肯在柳蓉的面前露出一丝一毫的浅薄和轻浮。他想到了学校,仍要继续采用"欲擒故纵"的办法,让柳蓉主动地投入他的怀抱。当然,在事业上他更是踌躇满志,雄心勃勃。

姑 娘 的 苦 心

柳蓉和邢一亭开始进校学习了。开学不久,在一次文娱晚会上,柳蓉跳了一段舞,把全校师生折服了。打这以后,凡是学校举行文娱晚会,柳蓉的舞蹈是少不了的。柳蓉就此被同学们称为"漂亮的孔雀"和"舞蹈皇后"。高年级有不少同学写了滚烫的求爱信给她。对这些,柳蓉仍付之浅浅一笑,她一如既往地爱着一心扑在学习上的邢一亭。

邢一亭家里很穷,父亲卧病在床,邢一亭是老大,家中五个弟妹都很小,全靠母亲微薄的收入度日。而柳蓉是独生女儿,家里条件较优裕,她见邢一亭时常抠下有限的伙食费去购买书籍和油彩纸笔,便悄悄地在他书包里塞钱和粮票,每次一塞就是二十元。

有一次,柳蓉路过邢一亭家,顺便到他家中去看看,邢一亭不在,只见他的母亲在用破旧的棉絮为儿子缝棉衣。柳蓉见状心里一阵痛楚,她立即回家和母亲一起通宵达旦地为邢一亭缝新棉衣,做新棉鞋。当棉衣、棉鞋送到邢一亭手中时,邢一亭差点掉下泪,他深情地望着柳蓉,哽咽道:"柳蓉,你对我的恩情,我这辈子永记在心……你,你给我的太多太多了……"柳蓉真切地说:"不要说了。我只希望你在事业上成功,你能有所作为,就是对我最好的报答。""柳蓉……"邢一亭一把抓住柳蓉的双手,泪水夺眶而出。

三年学习一晃而过。毕业前夕,学校组织同学们去公园划船。柳蓉和邢一亭同划一只船,两个人一边缓缓地划着船,一边观赏着两岸宜人的景色。柳蓉瞅瞅目不斜视的邢一亭,她为有这样稳重、正派的意中人而感到无比幸福。当小船驶到九曲桥下时,柳蓉终于羞答答地向邢一亭吐露了爱情。

邢一亭心花怒放,他盼的就是这天!他抑制住心中的狂喜,脸上却故意露出忧郁的表情,说:"唉,我家里太穷,我怕配不上你,让你跟我受苦。"柳蓉听了这话,更加激动:"我不怕穷,不怕苦。我爱你的为人!"于是,邢一亭接受了她的爱。

毕业后,柳蓉分到服装厂,邢一亭分到美术地毯厂。虽说两人不在一个单位,但时常在一起探讨艺术、修改作品、互相帮助解决工作上的问题。有时节假日还双双去近郊写生,关系越来越明确,感情也越来越浓烈。后来,邢一亭被提拔为美术地毯厂设计室副主任,不久,柳蓉也被提拔为服装厂设计室主任。这样一来,两人的接触、交流机会就更多了。

为了工作的需要,柳蓉常常穿着自己设计裁剪的最新款式衣裙,参加各种舞会。柳蓉的服饰,加上她优美的舞姿,吸引了许许多多舞蹈爱好者的目光,日子一长,柳蓉的衣裙式样很快就有人模仿制作。柳蓉掌握了这个信息,便建议厂里批量生产,销量一下子突了上去,柳蓉的名字也传开了。

这消息当然也传到邢一亭的耳朵里。一天,邢一亭去找柳蓉。两人一见面,邢一亭阴沉着脸说:"蓉,我不反对你参加舞会,但,你不知道……别人已在说你是什么'性感女人'、'色情模特儿'。唉! 你不知道我听了心里是什么滋味。"

柳蓉听了顿时脸色由红变白,一双大眼睛惊愕地望着邢一亭:"别人这么说,你可不能这样想啊! 你还不了解我? 我这样做完全是为了服装事业呀! 这,你也不理解?"邢一亭听了,说不出反对的理由,这次谈话两人似乎统一了认识。这以后,柳蓉照常穿着自己设计的新颖服装出入舞场,及时获取反馈信息,然而伴随而来的对柳蓉的风言风语与日俱增。在这种"人言可畏"的压力下,柳蓉挺起腰杆,逆风向前。不久,作为女强人,柳蓉被提升为服装厂厂长。

就在柳蓉被上级提升为厂长的那天晚上,柳蓉向邢一亭提出了结婚的要求。

"结婚?"邢一亭忽然带着嘲笑的口吻说,"你是堂堂的厂长,前程无量。我是一个小小的设计室副主任,也许连这个位子也坐不长,我配与你结婚?"

"一亭!"柳蓉打断了对方的话,"你是个专业基础扎实、有事业心的人,有的人可能一下子还不理解你。你将被免去副主任职务的事我已听说了,所以,我要与你结婚,一则省去不少流言,二则我们也能互相帮助。一亭,你答应我吧!"

邢一亭一反往常温和矜持的态度,近乎发狂似的吼道:"不! 我功不成,名不就,结什么婚?"吼罢又"呜呜"号哭起来。

邢一亭的反常表现是有原因的,在美术地毯厂,邢一亭搞了一桩设计,使产品积压了许多,造成了厂里资金流转困难,厂长责怪了邢一亭,邢不服气。终于,美术地毯厂厂长免去了邢一亭的副主任职务,要他下车间当了工人。

柳蓉见邢一亭开始消沉下去,也感到很难过。她想:把他调到自己厂里来,或许能发挥作用。于是,柳蓉在征得邢一亭同意后,将邢一亭调入服装厂任设计室副主任。

奇 怪 的 情 书

就在邢一亭调来服装厂不久,那位很久未通信息的刘陵突然风尘仆仆地来看柳蓉。柳蓉一看眼下的刘陵,西装革履,十分英俊,农场的土气不见了,不过他那举止神态,依然非常热情直率。刘陵与柳蓉略略寒暄之后,便歉意地说,这几年他为寻找父亲,四处奔波,没能经常写信,如今父亲已经找到了,他现在在泰国任南亚服装公司董事长。

刘陵恳切地说:"柳蓉,我就要离开祖国,去泰国接替我父亲的部分工作。你可能不理解我为什么要去泰国,不过,我去泰国也是搞服装,或许我可以在服装上帮助你。"柳蓉诚恳地说:"太谢谢你了,如果可能的话,我们可以搞合作。"刘陵一听,大感兴趣:"对对,我一到泰国就同我父亲商量,我们可以为服装事业作出贡献!"

临别时,刘陵忽然像大姑娘似的轻声说:"柳蓉,我要出国了,也不知何年何月才能见面,你、你能去机场送送我吗?"柳蓉望着刘陵那急切的眼神,不忍当场回绝,只得勉强地点了一下头。可是回到家中,她想起在农场时刘陵写给她的求爱信,她犹豫了。她怕去送他时,万一刘陵憋不住再向自己吐露爱情怎么办?回绝他一定伤他的心,她不想让刘陵带着失望和痛苦去异国他乡。想来想去,她决定让邢一亭代她去机场送刘陵。这样既有礼貌,又能让刘陵明白她和邢一亭的关系。

这天正好邢一亭出差回来,柳蓉便把刘陵要去泰国、让他代她去机场送刘陵的事对他说了。

邢一亭听说刘陵去泰国,既羡慕又嫉妒。开始他不愿意去送行,柳蓉说:"我有急事抽不出身来,你们也是多年的朋友,也应该去送送呀!"邢一亭沉吟了一会,才勉强同意。

不料邢一亭从机场回来,阴沉着脸,一见柳蓉便气呼呼地说:"我说不去送,你偏让我去,哼,这个人会变成这样不懂事,他见我去送他,连招呼也不打一个,朝我瞪瞪眼就走了。"柳蓉听了,嘴上没说,心里想:果然不出所料,刘陵还爱着自己。她心里有一股说不清的滋味!

然而,柳蓉的厂长工作干得有声有色,业务遍布全国二十几个省市,一些外商也纷纷前来洽谈生意。交易会上,柳蓉服装厂的服装一下子被订购了10万套。市有关领导决定以柳蓉的服装厂为中心,组建服装总公司,由柳蓉出任总经理,邢一亭兼管总公司的设计工作。

就在柳蓉以更大热情倾注于服装事业时,突然,接到一封来自泰国的情书。

这天中午,传达室将柳蓉的信件交给经理室的女秘书沈晓娜,沈晓娜见有一封是国外来的信,以为是谈业务、做生意的,就立即将此信送到柳蓉手上。柳蓉拆开信一看,惊愕得两眼发直,脸色突然由红变白,拿着信纸的手颤抖起来,最后,一咬牙,"嗞啦"一声撕得粉碎。

这是一封刘陵从泰国寄来的情书,信是这样写的:

亲爱的蓉:

今天,我不得不直接写信给你了。你快来泰国吧,我们快快举行婚礼。父亲最近身体很不好,他希望在他去世前,能见到自己的儿媳。再过几天,父亲就将他的全部财产移交给我了。你的到来,将为我们的服装事业增添新的活力。

蓉,快来吧!

请问候邢一亭。

另,遵嘱再寄 3000 美元。

你的陵

当柳蓉冷静下来再想想,感到此事太蹊跷了。自己从未给刘陵写过信,他怎么会一下子要求我同他结婚?我什么时候要他寄过外汇?奇怪!想到这儿,柳蓉将撕碎的信拼起来又看了一遍。她觉得刘陵是个很真诚、很自重的人,这次怎么这样昏了头,做出这样荒唐事?究竟是什么原因促使他写来这样一封奇怪的情书呢?她觉得其中必有十分复杂的原因,于是,她给刘陵写了一封信,说她从来没爱过他,责问他为何做出这种荒唐事。

一个月以后,刘陵又来了信。她拆开一看,只见上面写道:"那天你让邢一亭到机场送我,托他转告了你对我的爱情,并且关照我写信时寄给邢一亭转交你,我都按照你说的做了……想不到你玩弄了我的一片痴情,我永远感谢你!我没有做一点儿荒唐事。我这儿有你给我的一封封滚烫的信见证!不过,由于你的出尔反尔,倒使我骤然增长了许多知识:人,不能光看她美丽多情的外表;人的眼睛往往受到良心的欺骗!而且是那样真心实意地愿意受骗!我只希望你不再去欺骗像我一样真诚而善良的男人!"

柳蓉的脑子"嗡"一声响,她很敏感地意识到,可能是邢一亭在其中玩了什么花招。但她又不敢也不愿相信这是真的。她在屋子里踱来走去,把邢一亭和刘陵放在心里的天平上称了又称,心想,或许这是刘陵的挑拨,让我轻信他的话,与邢一亭决裂。

就在柳蓉决断不下是邢一亭玩的花招,还是刘陵从中挑拨时,市纪委突然打来电话,让她立即前去。

悔 恨 的 泪 水

柳蓉匆匆赶到市纪委,周书记对柳蓉说,有人告发邢一亭,说他将服装总公司的设计图纸高价转手让给乡办企业,要柳蓉认真查一查。

柳蓉对乡镇企业一向是支持的,但对于邢一亭的高价转让技术却一无所知。她感到很气愤。一回公司就立即请她的秘书沈晓娜去进行调查核实。一个星期过后,一份有关邢一亭高价转让技术资料的调查报告放在了柳蓉的办公桌上。

这一下,可把柳蓉气坏了。当晚,柳蓉将邢一亭叫到经理室,严肃地指出了他的错误。邢一亭一开始矢口否认,当柳蓉将报告扔到他面前时,邢一亭只得低下了头。

"一亭,"柳蓉两眼含着泪水道,"想不到你竟会这么干。你穷,我不嫌你;你家负担重,我们可以一起承担。为了你,我真可以把心都掏出来……"说着柳蓉禁不住热泪满眶。

邢一亭哀求道:"蓉,我对不起你,请你原谅我一次吧!我要钱也是为了咱俩的婚事啊!谁不想把自己的终身大事搞得热热闹闹的。太寒酸了,就委屈你啦!"

柳蓉含泪冲邢一亭喊道:"我什么也不要!我要的是你一颗真诚、正直的心!"邢一亭无言以对,灰着脸离开了经理室。

在法律与情人面前,柳蓉经过了激烈的思想斗争。为了服装事业,为了维护法律的尊严,她决定撤销邢一亭所有的职务,然后要他作深刻检查,退赔全部非法所得。

在全公司职工干部大会上,柳蓉激动地说:"同志们,大家都知道邢一亭是我的未婚夫,也是我把他从美术地毯厂调来的,他的错误,我也有责任,说明在用人问题上,我还缺乏眼力。但是,我要在此说明:邢一亭仍是我的未婚夫,我仍旧爱他。人,不能一犯错误就认为一无是处。我相信,邢一亭会认识错误的,他会尊重我作为一个未婚妻的感情和决定的!"

近千人的会场没有一点儿声音,大家从柳蓉讲话中感受到了一个女人的心,一个企业领导者的品格、情操和襟怀。

当天夜里,柳蓉处理了一些事务后,急匆匆地赶到邢一亭家中。柳蓉决定要和邢一亭结婚,这次是来向他征求日期的。谁知邢一亭不在家,邢母就让柳蓉先在邢一亭的小阁楼上坐一会。

时钟已敲了十二下,还不见邢一亭回家。柳蓉想:就是等到天亮也要等到他!

柳蓉不知不觉地拉开了邢一亭的抽屉,突然有一封"邢一亭收"的信跳入了眼帘。这笔迹很熟悉,对! 是刘陵写来的。柳蓉见信已拆开,就顺手取出一看,不觉地摇天旋。原来,邢一亭背着自己在向刘陵写信索要外汇!

柳蓉又在抽屉里翻到了一封信。这是一封邢一亭模仿自己的笔迹写给刘陵的情书,可能写得不好,没有寄出。

终于真相大白,刘陵没错,是邢一亭在利用刘陵对自己的眷恋,骗取刘陵的痴情,骗取刘陵的外汇。

柳蓉再也坐不住了,她下了阁楼,猛地冲向漆黑的夜幕中,泪水止不住地直往下流。世上还有什么比一个女人当她知道她所真心爱的男人却是个无耻之徒更痛苦的呢?

柳蓉病倒了,她躺倒在床上,整整两天两夜。在事业上,柳蓉领导下的总公司产品已打开国际市场,她是个强者;然而在感情上,她却实在难以承受邢一亭给她的打击……

邢一亭还不知道柳蓉因何病倒,他买了不少罐头和水果来探望柳蓉。他轻手轻脚地走进柳蓉的房间,把东西放在她的床头边,然后,关切地把头伸到柳蓉的面前,问道:"蓉,好点了吗? 真把我急死了。"柳蓉没有应声,她支撑起身子,愤怒地盯着邢一亭,抬手朝他脸上"啪"狠狠抽了一记耳光:"我真是瞎了眼! 你给我滚！我再也不要见你了！"邢一亭捂着火辣辣的脸，嘴里喃喃着："你、你，我犯的错误，已写好检讨了，还、还要怎样？"柳蓉骂道："你、你背着我给刘陵写了多少信？"邢一亭一听，知道自己所干的一切全暴露了，暗叫一声：完了！只好灰溜溜走了。

柳蓉病愈上班后，立即公布了对邢一亭的处分：免去其厂设计室副主任，下放到成品车间当检验工。

出于一个企业领导的责任心，柳蓉冷静下来后主动找邢一亭谈了一次。那次，邢一亭只是流泪，再没有说一句话。柳蓉的心不免隐隐作痛，这曾是自己狂热爱恋过的人啊！柳蓉想了想，最后对邢一亭说："只要你痛改前非，仍旧有发挥你特长的机会。一切就看你自己了。"

打这以后，邢一亭变得谨慎多了，他像在赎罪似的加倍关心着柳蓉。天转冷了，他给柳蓉添衣；下雨了，他主动送去雨具；有一次，柳蓉半夜归家，邢一亭竟远远地护送她回家。这一切，又使柳蓉的感情深处荡起了涟漪。由于邢一亭打着柳蓉以往情人的身份，倒也遮了众人的眼睛，有人甚至同情起邢一亭来。

面对这一切，柳蓉的心里既酸楚又恼恨，一种无可奈何的失落感时时袭上心头。柳蓉是个很重感情的人，她的外表与她的内心是统一的，是表里一致的美！

卑 鄙 的 要 挟

善良的柳蓉见邢一亭有了悔过的表现，心里不免隐隐地萌发出同情和怜惜感。其实，柳蓉过去没识透她真心爱着的人，眼下她仍然未能认识他。邢一亭在厂里，在人们面前，特别是在柳蓉的面前，是那样的兢兢业业、诚惶诚恐，可是，一回到家中，一钻进了他那小阁楼的小天地里，他又在打飞黄腾达的主意。他来到这个世界上，几乎没爱过任何人，在他看来，所谓爱情、友谊都是手段,他爱的是自我,是名利。自从"东窗事发"后,知道柳蓉再也不可能为他所有,但以柳蓉现在的地位、声望和权力,仍有可能为他利用,他在急切地寻找这一天的来到。

这天中午,邢一亭踏进柳蓉的办公室,发现桌上有一封信。他四下一看,见没有人,就拿起一看:啊! 是刘陵寄来的。他迅速拆开,一看,知道柳蓉与刘陵的误会消除了,刘陵邀请柳蓉三天之内去曼谷,有一笔巨额服装生意要柳蓉亲自去签订合同,迟一天的话,日本有一家服装总公司就要捷足先登了。

邢一亭的脸上露出了一丝笑意,他将信折好后放入口袋,就坐在办公室里等候柳蓉的到来。

过了一会,柳蓉外出回办公室,见到邢一亭笑眯眯地坐在自己的办公桌旁,从他的神色看,与往常那种见了自己畏畏缩缩的样子大大不同,就问:"有什么事吗?"

邢一亭从口袋里掏出刘陵的信朝桌上一扔:"你自己看吧!"

柳蓉接过信一看,高兴地跳了起来:"这下可好了,一笔外汇我们可以赚到手啦!"

邢一亭阴阳怪气地说:"柳总经理,别太高兴。""你是什么意思?!""什么意思?"邢一亭反问道,"你非得答应我一个条件,否则,曼谷你去不成!""岂有此理! 我去曼谷和你有何相干?"

"嘿嘿!"邢一亭冷笑道,"告诉你,我现在需要出国深造,请你以总公司的名义让我出去考察,否则,我将刘陵当时写给你的信捅出去,看你还去得了曼谷!"

这一招,是柳蓉万万没有料到的。柳蓉清楚:当初邢一亭仿效自己的笔迹骗来了刘陵的一封封情书,这些信现在还在邢一亭的手里。一旦这些信送到有关部门,自己有嘴一时也解释不清,即便有关部门花力气查清楚,那么三天内去曼谷的期限也早过了,那一笔巨额外汇也赚不回来了。

"怎么样? 总经理,就开个证明让我出国,经费嘛,我自理!

不然的话,你就只好眼睁睁地让那外汇流进日本人的腰包,这可关系到你的服装事业啊!"邢一亭直截了当把意图挑明了。

柳蓉气得脸色煞白,颤抖着手,指着邢一亭的鼻子骂道:"你这个畜生! 滚——"邢一亭阴冷地说:"总经理,别发火。我再等你一天,请三思而行。再见。"

邢一亭刚走,秘书沈晓娜走了进来,见柳蓉脸色煞白,吃了一惊,忙问:"柳经理,发生了什么事? 身体不舒服?"

沈晓娜原是一位普通工人,是柳蓉提拔上来的。她是个年轻、漂亮的姑娘,为人正直,办事果断,对服装行业的信息也十分了解,尽管没有大学文凭,但柳蓉却很欣赏她的能力和才华。她俩虽说是领导与被领导,但却情同姐妹,几乎无话不说。沈晓娜把柳蓉扶到沙发上坐下,又倒了一杯水给她。柳蓉喝了几口水,情绪平静下来,就将事情的经过告诉了沈晓娜。

沈晓娜听了淡淡一笑,说:"我有个办法,不知你敢不敢采纳?"柳蓉急忙问道:"什么办法?"沈晓娜如此这般一说,柳蓉连连摇头:"不行,不行!"

沈晓娜说:"此事我一人承担,为让我们公司赚取更多的外汇,我心甘情愿! 这也算我对你知遇之恩的图报!""让我再考虑一下。""柳经理,只三天时间啊,请你快作决断吧!"

柳蓉终于决定采取沈晓娜的办法,通知邢一亭明晚十点整,在东吴宾馆301室见面,答应以开出国证明的条件,换取自己去曼谷。邢一亭眼见自己出国梦即将实现,他开始描绘自己出国后飞黄腾达的蓝图了。

第二天晚上十点整,邢一亭准时推开了东吴宾馆301室的房门。房间里灯光幽暗,室内弥漫着一股淡雅的香味,令人感到舒适而想入非非。邢一亭推门进去后,得意地轻轻唤起柳蓉的名字来:"柳蓉,柳蓉。"见没人回答,他又径直朝卧室走去。

卧室的门半掩着,一盏床头灯散发着柔和而静谧的光线。

床上睡着一个女人。邢一亭认为这个女人就是柳蓉,因而放慢脚步走了过去,轻轻说道:"柳蓉,我来了。"不见回话,邢一亭又走近床边轻轻唤了两声。

眼前的这个女人,穿了一身透明的丝织品睡衣,侧着身,半蜷着腿,似一个睡美人在甜睡。透明的睡衣里,那雪白的乳罩、血红的三角裤,洁白而丰腴的肉体,几乎一览无余。

邢一亭还是第一次真正这么清清楚楚地看到柳蓉。他是爱柳蓉姿色的,甚至不止一次地梦想着柳蓉那柔软的躯体躺在自己的怀里。但是,由于他出人头地的思想一直强烈地占据着他的头脑,因而便把女人放在了第二位。如今,看到柳蓉这雪白的颈脖,白嫩如粉的玉臂,丰满高耸的胸脯,圆浑而光洁的身子,邢一亭有点不能自持了,这个曾经深爱过自己、并主动提出和自己结婚的女人,却未能占有,这是邢一亭深感痛苦的,此时此刻,他不由将手轻轻地移向她的胸脯。可是,当出国的念头一闪出来,他的手又立刻从胸脯上挪开了。但就在此时,床上的女人突然翻身而起,尖叫一声:"流氓!抓流氓!救人啊!"

邢一亭吓得慌忙向外屋退去,可是,刚退到门口,闻声赶到的服务员已经出现在301室的房门口。

原来,床上睡着的不是柳蓉,而是柳蓉的女秘书沈晓娜。

蓬头散发的沈晓娜哭着向服务员诉说:"我刚蒙蒙胧胧睡着,忽然发觉有人扑在我的身上,想不到是他这个衣冠禽兽!"

邢一亭想解释,可是越解释越说不清楚,于是被当场扭送到公安局。接着,沈晓娜向法院起诉,告邢一亭犯了强奸罪。

真 正 的 被 告

法院在接受沈晓娜告邢一亭强奸罪的第三天,又收到了邢一亭送来的起诉书,告柳蓉犯了诬陷罪。邢一亭的那份起诉书写得详细具体,洋洋数千言。

案情复杂化了,法院的王院长决定亲自审理此案。可是一了解,作为被告的柳蓉却已去了泰国。她为什么突然去了泰国,是有意逃避法律责任,还是另有原因? 王院长疑窦丛生,立即通知有关部门,速催柳蓉回国。

出乎王院长意料,第三天傍晚,柳蓉就风尘仆仆地来到他的面前,并且要求法院公开开庭审理此案。王院长经与有关人员研究,同意柳蓉的要求,决定三天后公开审理。

一个大型国际服装公司的总经理成为被告,这本来就使许多人震动;这个总经理是个女人,而且又是一个被有些人看来是很风流的女人,这就更使那些猎奇者兴致十足。

这天下午,法庭里坐满了旁听者,电台、报社的记者也闻讯赶来了。在座人中,几乎有一半是服装总公司的干部和职工。

柳蓉站在被告席上,亭亭玉立,光彩照人。

王院长亲自担任公开审判庭的庭长,他严肃地问:"柳蓉,是你约邢一亭到东吴宾馆301室见面的吗?"

柳蓉平静地回答:"是的。"

"那你为什么自己不去,而让沈晓娜代替你?"

"我想陷害他。"

此话一出,旁听席上一片惊叹声,连王院长也感到十分惊讶,心想:案情不会如此简单,这里边定有原因。于是,王院长又问:"柳蓉,你能将为什么要陷害邢一亭的原因谈一谈吗?"

"可以。"柳蓉点点头。

随着柳蓉的诉述,旁听席上不时传出一声声叹息、惊诧和指责声。当柳蓉将自己与邢一亭之间所发生的一切讲完后,人们的目光一齐射向原告邢一亭。

"将沈晓娜带上来。"王院长吩咐道。

　　沈晓娜迈着轻盈的步子走上法庭,她深情地望了柳蓉一眼,然后一掠披肩长发,说道:"陷害邢一亭是我的主意,被柳蓉采纳的。我愿以一个女人的名誉作押来陷害邢一亭,是逼不得已的。因为邢一亭为了达到他的私欲,要挟柳蓉。我了解柳蓉,爱我们共同的服装事业。陷害邢一亭是为了争取时间去泰国,为企业争创外汇。"沈晓娜讲完,人们又是一片惊叹。

　　王院长说:"法院需要的是证据。既然邢一亭冒充和伪造柳蓉的笔迹写信给刘陵,那么,请当事人提供证据。"

　　柳蓉一听愕然了。她后悔当时只顾气恼,没把这方面的证据掌握在手。可是,这已无法弥补了。王院长见柳蓉拿不出证据,便宣布休庭,法院还将作进一步调查。

　　正在此时,随着一声"慢",从外面匆匆进来一个青年。只见他西装革履,手提皮包,风尘仆仆。这位不速之客的突然出现,引起了旁听席上一阵骚动,柳蓉情不自禁地叫出声来:"刘陵!"听说是刘陵,旁听席上顿时活跃起来,而端坐在原告席上的邢一亭却"刷"一下脸变成了青灰色。

　　刘陵彬彬有礼地向王院长鞠了一躬后,就打开皮包,从里面摸出厚厚一大叠信和一叠汇款单,交由法警呈了上去。王院长见形势急转直下,再次宣布暂时休庭。

　　半小时后重新开庭,王院长宣布刘陵交来的信件共46封,全是邢一亭仿造柳蓉的笔迹写给刘陵的情书,所索外汇计27笔,总共112000美元。

　　王院长让刘陵到证人席上提供证词,刘陵瞅了瞅邢一亭,开口道:"在农场时,我和邢一亭是好朋友,后来我出国时,他代表柳蓉去机场送我,并主动割爱要当我和柳蓉的牵线人,我当时既激动又感激。邢一亭对我说,考虑到柳蓉的地位,不给她添麻烦,叫我把信寄给他转交,我不仅对他的话深信不疑,而且很感激他想得周到。想不到他竟利用我对柳蓉真诚的感情搞欺骗!

他欺骗了把他视为亲兄弟的朋友,欺骗了一个曾经真心爱他的姑娘……"刘陵似乎激动得说不下去了,沉默了片刻,突然提高嗓门说,"邢一亭骗我,我可以原谅他! 但他做出了有损国格的事,绝不能原谅!"他从衣袋里又摸出一封信,"这次我的一位美国同行知道我要回国,他给我看了一封信,请我帮他打听打听。我一看,大吃一惊,这是一封邢一亭仿效柳蓉的笔迹写给富商的求爱信,信中也向他索讨外汇。太卑鄙了!"

一听这话,全场哗然。这时,刑一亭的辩护律师突然举手站起来,说:"鉴于当事人邢一亭未能向律师忠实地提供与本案有关的全部情况,本律师郑重宣布,拒绝为他辩护!"

一桩令人捉摸不透的奇怪案件,经过验证核实,终于真相大白,法院的判决不言而喻。

(钱国盛)

商 场 生 死 战

人类一切赚钱的职业与生意中，往往会有罪恶的踪迹。

商场生死战

生 死 之 交

　　青山城有个叫张挺的青年,最近,在改革大潮的影响下,他耐不住寂寞,辞去工厂工作,在城里开了一家海鲜品经营部。

　　俗语说:若要发,不离八。这天是八月八日,张挺的经营部选在这个黄道吉日开业了,他广邀各路宾客,热热闹闹庆贺开张,晚上又在"大富豪"酒家摆开宴席,觥筹交错,把那些来宾一个个灌得东倒西歪。

　　宴会一直到十一点多钟才结束,客去人散,张挺和手下人打了个招呼,便跨上摩托车,朝经营部飞驰而去。

张挺到经营部门口,下车熄火。刚想进门,忽然听到一阵呻吟声,张挺好不奇怪,再仔细听听,呻吟声是从左侧荷花池里传出来的,心想不好,忙把车子搁一搁,循声跑过去。很快就看见地上倒着一辆自行车,水中黑糊糊一摊。再借着路灯仔细一看,原来是个人,他的身子渐渐朝水下沉去,此刻水快要淹到他的鼻子眼,从他的嘴里不时发出"咕噜咕噜"的吃水声。张挺不敢急慢,人像箭一般蹿上去,用尽力气,把水中的人拖了上来。

落水人是一位男性公民,五短身材,胖墩墩的,此时,他双眼紧闭,张着大嘴大口喘着粗气,从嘴里喷出一股刺鼻熏人的酒味来。张挺明白了,这人一定是喝醉了酒,才差一点闹出大事来。

张挺把醉汉平躺在地上,摇着他喊道:"喂,快醒醒,……"可是任凭他叫喊推搡,醉汉烂醉如泥。怎么办?张挺为难了,送他回家,没姓没名没地址;丢下不管,好像良心上又说不过去。左思右想,决定行善为本,先把醉汉背到经营部再说。

夜深了,四下无人,张挺只得拼出吃奶的力气,抱起醉汉,两步一停,三步一歇,一步一步移到经营部门口,把门打开,把醉汉放到了会客室的沙发里。

醉汉真是喝得过量了,身子刚一放平,又"呼噜呼噜"打起鼾来。张挺看他浑身精湿,满脸是泥巴,想好事做到底吧,便打来一盆清水,把醉汉脸上手上的泥水擦洗干净,然后又把他的湿衣服脱下来,拿出自己的换洗衣服替他穿上;突然想起自行车还在外面,又出去把车子推回来。做完这一切,他才长长地出了口气,打了个哈欠,也一头倒在对面的沙发上睡着了。

张挺一觉醒来,天已大亮。他睁眼一看,发现对面沙发上的醉汉不在了,急忙爬起来,发现沙发茶几上压着一张纸条,上面写着:

　　尊敬的先生：

　　　　我因贪杯醉酒，翻车入池。幸遇先生相救，大难不死，救命之恩铭记心头，终生不忘。改日登门面谢！

　　　　　　　　　　　　　　　　　大难不死的人

　　事过之后，张挺忙于业务经营，慢慢地把这件事给忘了。

　　大约过了十天光景。一天上午，张挺正准备外出谈业务，忽听外面传来一阵汽车喇叭声，接着"嘎"一声，一辆银灰色的小车在经营部门口刹住了，从车里钻出一位五短身材、胖墩墩的中年男子，西装革履、笑容可掬，一见张挺，快步上前握住他的手，连声说："谢谢！谢谢张先生救命之恩！鄙人今日登门道谢来了。""你是……"张挺一下子愣住了。"哈，不认识我啦？"中年男子爽朗地笑着，摸出一张名片递过来，"我就是你从荷花池中救起来的酒鬼。喏，这是我的名片。"张挺接过名片一看，不由叫出声来："啥，你、你就是汪吉庆？""对，是我。怎么，不相信吗？""不不，我是说，想、想不到是你。"

　　确实，对于大名鼎鼎的企业家、青山城飞达贸易集团总经理汪吉庆，张挺早有耳闻，但从未见过面，更没有想到自己会成为他的救命恩人，一时显得局促起来，不知说什么好。

　　汪吉庆热情相邀说："张先生的大恩大德，汪某人终生必报。来来来，快上车，我请你喝酒去。"说完，打开车门，等候在一旁。张挺见对方态度诚恳，心想：人在世上，多个朋友多条路，何况是一位显赫人物。便说："既然汪总经理盛情相邀，我恭敬不如从命了！"说完，钻进了小车。

　　小车七拐八弯，在一家"喜相逢"海鲜馆门口停了下来。汪吉庆带着张挺走进海鲜馆，并一一向他详细介绍。原来，这家海鲜馆是汪吉庆自己开的，环境幽雅，装潢考究，四面墙壁都是用玻璃镶嵌而成的大水柜，各种海鱼、龙虾在水中摇头摆尾，红的、黄的、黑的、白的……张挺简直像进了东海龙王的水晶宫,一时看呆了。

汪吉庆选了一个幽静的单间雅座,邀请张挺坐下。半支烟工夫,菜上来了,汪吉庆打开一瓶五粮液,先给张挺斟了一杯,然后将自己的酒杯倒满,站起来说:"张先生,这第一杯酒,感谢你的救命之恩。敬你!"说着举起酒杯,一仰脖子喝了下去。

张挺平时酒量不大,此刻被汪吉庆的一番真情感动了,急忙站起来说:"区区小事,不足挂齿,也是汪总经理福大命大。好,我祝总经理后福无穷。"说着也举起酒杯,喝了个底朝天。

汪吉庆没有坐下,他又斟上一杯酒递到张挺面前,说:"这第二杯酒,祝张先生刚开张的海鲜经营部万事大吉、昌盛发达,今后有什么事需要帮忙,我一定鼎力相助。"说罢,又将杯中酒一饮而尽。张挺见汪吉庆如此豪爽,端着酒杯激动地说:"总经理侠义心肠,情重如山。张挺我才疏学浅,生意场上是个小弟弟,还望大哥日后多加指点。"说完,也一仰脖子把酒喝干了。

酒下肚,话语多,汪吉庆与张挺一杯来一杯去,喝得痛快淋漓。趁着酒兴,张挺把自己经营海鲜的全盘计划告诉了汪吉庆,汪吉庆就为他出谋划策,两人称兄道弟谈得十分投机。

逼 上 死 路

张挺运气不错,经营部开张不到一个月,他搭识了一位海南客商,那客商了解了他的规模后,表示愿意向他空运海鲜。不过,考虑到海鲜的特殊情况,客商提出交货前先要交十万元定金。张挺已经作了了解,他知道青山城有三十多家海鲜馆,加上宾馆饭店,吞吐量很大,自己独家经营空运海鲜,十拿九稳保证赚钱。因此,他稍微犹豫了一下,便满口答应。

事情很顺当,签约付款后半个月过去了,按照双方签订的协议,今天是第一批海鲜装运起飞的日子。

一清早,张挺守候在经营部的办公室里,等着业务员王强从海南发来的消息。可是等啊等,一直等到下午三点还没有来电。正在焦急时,电话铃骤然响起,张挺神情紧张地抓起听筒,一听,果然是王强的声音,立刻笑逐颜开,拉开了大嗓门喊:"喂,我是张挺。飞机什么时候到青山? 嗯……啥,五万元? 三天之内就要汇出?"

听完这个电话,张挺直瞪着眼,头上渗出一层冷汗,人像木桩一样钉在那里不动了。到底出了什么事? 原来对方提出,还要预付五万元保鲜押金,如果三天之内不汇出,海鲜质量不保证,一切损失自负。

张挺一下子乱了方寸:当初订这批货要预付十万元押金,自己到处求爷爷、拜奶奶,把浑身的解数都使尽了,现在还要付五万元钱,到哪里去借呢?

这时,办事员小曲推门进来了,把一张大红请柬送到张挺面前,神秘地说:"张经理,有人请你晚上去跳舞。"张挺此刻心烦意乱正没地方发泄,听说要自己去跳舞,"噔"地跳起来大声吼道:"都什么时候了,跳什么屁舞?"抓过请柬就要撕,小曲忙提醒道:"这是汪吉庆的请柬啊!"

"汪吉庆?"听到"汪吉庆"三个字,张挺突然眼前一亮,连声说:"好好,我去,我去跳舞,一定要去跳舞!"张挺与汪吉庆在喜相逢海鲜馆分别后,还没有再见过面,本来他碍于面子,不好意思刚交上朋友就向人家借钱,但现在到了山穷水尽的地步,也顾不上面子了,此刻,只有汪吉庆能救自己的命了。

时近黄昏,张挺特地上美发厅吹了头发,换上一身全新的培罗蒙西装,来到仙斯舞厅。刚下车,只见汪吉庆满脸堆笑迎上来,彬彬有礼地说:"啊呀,张经理,你把我眼睛都望穿了。"他恭恭敬敬把张挺迎进舞厅,安排在一个僻静的角落里坐了下来。

舞厅不大,十几只小圆桌旁已经坐满了男女宾客,汪吉庆登上小舞台说了几句欢迎词,便宣布舞会开始。张挺定下神来,借着蒙眬闪烁的灯光,发现坐在自己前面的都是一些生意场上的熟人,一股愁绪又袭上心头,顿时感到失魂落魄起来。

汪吉庆在张挺桌旁坐下,伸手取过桌上的易拉罐,启开后往张挺面前一推,说:"喝点饮料,下舞池吧!"张挺推开易拉罐,身子朝汪吉庆跟前凑凑,焦急地说:"今天我有件为难事,想跟你商量。"汪吉庆见他满面愁容,忙问:"有什么事,你快说吧!"张挺便压低嗓门,把与海南签约购海鲜之事讲了一遍。讲完,他低声向汪吉庆哀求道:"汪大哥,小弟初出茅庐,社会上朋友甚少,这燃眉之事,只能仰仗兄长你帮忙了。"

"这……"汪吉庆听后,略微愣了一下,随即爽朗地说,"好吧!我的命也是小弟你救的,借五万元钱算什么。三天之内我帮你解决,放心,回去等我的电话。"这一番话,犹如搬掉了张挺身上一座山,感动得他真想跪下来朝汪吉庆磕头。

时间过得真快,第一天过去了,张挺没有接到汪吉庆的电话。他心里不急,反正还有两天,呼呼一觉睡到天亮。

第二天,张挺一早就守在电话机旁,可是一直等到傍晚,还没有消息,他开始胡思乱想起来。这是怎么回事呢?会不会汪吉庆事情多把他给忘了?这一夜,张挺几乎没有合眼,几次爬起来给汪吉庆打电话,可是一次都没有挂通。

第三天一早,张挺又接连给汪吉庆挂电话,电话通了,但是回说人不在,没有办法,只得耐着性子等待。他守着电话机,一步也不敢离开,可半天过去了还是没有动静。张挺忍不住了,他感到事情不妙,立即推出摩托车,准备出门去寻找汪吉庆。

正在这时,"嘀嘀——"一辆小车急驰而来,停在经营部门口。张挺见汪吉庆从小车里钻出来,顿时像拾到了金元宝,奔上前喊道:"啊呀,大哥哎,你把我急死了,怎么不打个电话来呀?"

汪吉庆没有吭声，铁青着脸走进办公室，喘了半天粗气，才难过地说："小弟，实在抱歉，你的那笔钱我无法解决了。"

"啊?"这句话对张挺来说，就像晴天响了个霹雳，他大叫一声，差点瘫倒下去，扶着桌子镇静了一下，问："这、这是怎么一回事?"汪吉庆一屁股坐下，掏出香烟点上，狠命吸了一口，燃去了半支。他喷着烟雾，重重地叹了一口气，过了半晌，才无可奈何地摇了摇头，说："小弟，我倒霉了，最近，受深圳老板骗买了一批假货，客户纷纷要求退赔，正在打官司，惨啊! 现在……"

张挺迫不及待打断他的话说："大哥，我的钱你要想办法啊!""你的事我实在没有办法了，打官司钱都赔光不算，还倒欠了三十万。小弟，大哥实在无能为力了，大哥现在是泥菩萨过河自身难保呀!"

这番话像一盆凉水，把张挺浇得浑身直打哆嗦，他"扑通"一声跪倒在汪吉庆面前，哀求说："大哥，看在我救你的情分上，你一定要帮帮忙，无论如何要想办法帮我借钱呀!"汪吉庆慌忙扶住他，连声说："别这样，快起来。你不要误会，知恩不报是王八，我……实在是力不从心啊!"

张挺跪在汪吉庆面前，任凭他如何拉扯也不肯起来。这也难怪，如果汪吉庆这里的钱落空，海南的那笔生意就要泡汤。海鲜不及时空运，一天就要腐烂变质，十万元定金就付之汪洋，这可是人命关天的大事啊! 汪吉庆非常明白张挺的心情，见他缠住自己不放，急得直跺脚，狠声说："张挺，你别死心眼了，跪在我面前，到天亮也不会有钱的，快想别的办法，时间不饶人啊!"

听到"时间"两字，张挺像被人用尖刀捅了一下，"腾"地跳起来，抬手看表，已是晚上七点多了，急得在屋子里团团转。

这时，汪吉庆已经钻进了自己的小车，他向张挺晃了晃手，摇头叹息着，没有说半句话，"嘀嘀——"汽车开走了。

绝 处 逢 生

　　张挺再也没有办法了,他走出公司大门,人飘飘忽忽像没了魂一样,借钱的滋味实在不好受:冷脸、白眼、鄙弃、蔑视……总之,低声下气地哀求,厚着脸皮赔笑脸,真是比灰孙子都不如。张挺越想越难过,他觉得活在世上太累了,一摸口袋,身边还有点钱,决定饱餐一顿,然后一死了之。

　　张挺来到"一品香"酒家,要了一瓶杜康酒,点了几个冷菜,喝起闷酒来了。他边喝边想,越想越悲,他怪自己钱迷心窍,本来在工厂里做,工资虽不高,但平平稳稳毫无风险,现在一心想发财,钞票没赚,反倒欠下十万元的债,性命也要送掉了。这时他也恨起了汪吉庆,都是他大包大揽答应借钱,不然有三天工夫自己还可以出去撞撞运气,如今白等了三天,吃一只空心汤团,一点回旋余地都没有了……

　　张挺一个人喝闷酒,吃吃哭哭,哭哭吃吃,泪水和着酒水,好不伤心。这情景,被对面一位穿着入时的少妇看在眼里。少妇站起身来,走到张挺面前上下一打量,尖着嗓门叫道:"啊呀,果然是你啊,怎么啦,一个人跑来喝闷酒,也不请我陪陪。"张挺此刻心情极端恶劣,见是个穿着妖艳的女人,一阵厌恶,头也没抬,大声怒斥起来:"去去去,老子没钱,滚滚滚,快滚开!"

　　少妇讨了个没趣,但她没有生气,只是说:"喔唷,眼界好高呀,连老同学也不认识啦!"听说是老同学,张挺微微一怔,他定一定神,但满眼酒雾看不清对方的面孔。"你是……""唷,真的不认识了? 我是郭巧凤。""啊,郭巧凤? 你……"

　　听说眼前是郭巧凤,张挺的酒全醒了。真是冤家路窄! 五年前初中时代,张挺和郭巧凤相爱,两人情投意合,难舍难分。但是,偏偏有情人不能成眷属,巧凤的母亲嫌张挺家里穷,死活也不肯让女儿嫁给他。一次,巧凤偷偷找张挺约会,被母亲追回家中,关在房里一顿毒打,巧凤哭得死去活来,三天三夜不肯进一粒米。张挺闻讯,赶到巧凤家找她母亲评理,谁知巧凤娘蛮不讲理,操起一条长板凳朝张挺砸去,张挺眼明手快,用力一挡,长板凳反弹过去,不偏不倚正巧打中巧凤娘的鼻腔,顿时鼻青眼肿,血流不止。事发以后,张挺被公安局依法行政拘留十五天,期满出来一打听,巧凤早被她娘送到深圳亲戚家中去了。

以后,张挺接到过三封巧凤从深圳的来信,但他心冷了,一次也没有回过信,而且发誓终身不娶。想不到五年后,自己要赴黄泉的路上竟碰到了她,一时间百感交集,不知说什么才好。

巧凤满腹疑团,一双凤眼盯着张挺,焦急地问:“你如此伤心,到底为了什么,能讲给我听听吗?”“这……”张挺垂下头,又痛苦地摇了摇。“怎么,不肯让我知道?”“不不,没有什么事。”巧凤见张挺支支吾吾,心里很不高兴,她抹了一下眼角,轻声说:“张挺,我知道你恨我。但是我也恨你,你为什么不给我写回信呢?”“我……”张挺知道巧凤会恨他,作为昔日的恋人,此刻邂逅在“一品香”酒家,该有多少话要说,他想向巧凤倾诉自己的思念之情,也急切想知道她现在的一切,但话到嘴边留住了,又慢慢地垂下头去。

两人相对无言,好久巧凤才首先打破沉默,催促说:“张挺,我知道你心中有事,先讲给我听听吧,也许对你会有所帮助的。”这一句话,拨动了张挺的神经,他定一下神,这才把自己如何辞职办海鲜经营部,又如何巧遇汪吉庆以及借款未成的经过,一五一十讲了一遍。巧凤认真听着,又问了许多细节,这才站起来,一拍胸脯连声说:“五万元包在我身上,待会儿我把钱送来。”

这真是天上掉下来的喜讯。张挺简直不敢相信自己的耳朵,他狠命咬了一下自己的手指,感到生疼,知道不是做梦,正想细问原委,可郭巧凤早已转过身,一阵风出了酒家。

见 死 不 救

　　真是无巧不成书,郭巧凤不是别人,她就是飞达贸易集团总经理汪吉庆的妻子。那一年,巧凤被她母亲送到深圳以后,几次想逃回来都没有成功。她思念张挺,接连给他去信,可是信如泥牛入海,毫无回音。就在这时,深圳的亲戚把个体老板汪吉庆介绍给她,巧凤娘见对方是个腰缠几十万元的阔佬,喜得合不拢嘴,她软硬兼施使尽心计,终于让女儿从命嫁给了汪吉庆。

　　当时,汪吉庆刚与妻子离婚,见巧凤是个比自己小十多岁的黄花闺女,欢喜得像拾了一颗夜明珠,含在嘴里怕烫,吐出来怕冷,恨不得把心掏出来给她。巧凤摇身一变成了老板娘,享尽荣华富贵,丈夫又百依百顺,日子倒也过得有滋有味,慢慢地把张挺淡忘了。

　　去年,应飞达贸易集团的邀请,汪吉庆来青山城出任总经理,郭巧凤也跟着回来了。一月前,她去深圳探亲,回来后听人说汪吉庆酒后落水大难不死,一边为丈夫暗暗庆幸,一边叮嘱丈夫要好好报答救命之恩,但做梦也不会想到,丈夫的救命恩人竟是自己曾经的恋人张挺。

　　刚才,郭巧凤听了张挺的诉说,心头像打翻了五味瓶,辨不清是苦是甜是酸还是辣。她心里有个谜,总想问问张挺为什么不给她回信? 不过时间不允许了,她十分清楚,当务之急先要帮他解决五万元钱。因此当即赶回家,她要丈夫把钱借给张挺。

　　再说汪吉庆早已回到家了,此时洗完澡正躺在沙发里看晚报等候妻子回来,见巧凤进门,立即迎上去接过她手中的提包,嗔怒地说:"哎呀,我的小祖宗,你让我等得好苦啊,上哪儿去啦?"边说边在巧凤脸上亲了一口。巧凤推开他,开门见山说:"我陪客人去'一品香'酒家,正巧碰见张挺一个人在喝闷酒。

哎,吉庆,你们公司有的是钱,为什么不肯借给他?"

汪吉庆听妻子说这话,暗吃一惊。他淡淡地问:"唔,你怎么认识他?"巧凤知道自己和张挺的事全家一直瞒着汪吉庆,因此大方地说:"张挺是我初中时的同学,不过,今天我才知道,他就是你溺水的救命恩人。"说着,盯住丈夫说,"吉庆,当初是张挺救了你的命,现在你也救救他吧,好吗?"汪吉庆冲上一杯咖啡递给妻子,说:"巧凤,你的心情我理解。说心里话,我也急,但没有钱啊!"

"没有钱?"巧凤疑惑了,"你们公司这么大,流动资金有几百万,怎么会没有钱呢? 我不信!""唉——"汪吉庆长叹一声说,"巧凤,你不知道,大有大的难处,最近有人和我们打官司,我们的日子也不好过啊!""这……"巧凤没有追问下去,她略一沉吟,又说,"那,看在救命之恩这一点上,你也应该帮他想想办法嘛!吉庆,反正只要五万元,先挪一挪吧,好吗?"

汪吉庆见妻子盯住自己要钱,有点不高兴了,丢开手中的晚报,不耐烦地说:"好了,做生意是为了赚钱,你不是希望我多赚钱吗?"他边说边对妻子瞟了一眼,"巧凤,你是明白人,要赚钱,就不能感情用事,懂吗?"

巧凤听丈夫口气不对,急了,追问他说:"照你这么说,为了赚钱,可以知恩不报、见死不救啰!"汪吉庆没有吭声,重又拿起报纸,躺倒在沙发上。郭巧凤见他不理睬自己,一把扯过晚报,逼问:"你说,这钱到底借还是不借?"这一下逼急了,汪吉庆突然脸一沉,没好气地说:"你一个妇道人家,少管闲事好不好?"

这一下捅上马蜂窝了!因为汪吉庆对巧凤一向百依百顺,特别在钱的问题上,他从来不吝啬。去年巧凤一开口,汪吉庆一下赞助三万元,帮助幼儿园翻建校舍,添置活动玩具。而今天,对救命恩人张挺却就是不肯借钱,还对自己耍态度,巧凤不由恼怒起来:"好啊,你这个没有良心的东西,忘恩负义,见死不救,我再问你一遍,五万元钱到底肯不肯借?"

汪吉庆一下缄默了。作为生意场上的老手,他肚中自有算盘,不过,妻子是他的宝贝,见巧凤真的生气了,他立即赔着笑脸说:"好好,是我不好,害你生这么大气。"巧凤见丈夫软了下来,逼得更紧了:"废话少说,快取钱去!"汪吉庆说:"巧凤,你先坐下冷静冷静,告诉你,现在是金钱世界,生意场就是生死场,不能讲感情,你知道吗?"

话说到这里已经十分明白了。郭巧凤了解丈夫的脾气,知道再争下去也是白费唾沫,浪费时间。可是不求他,又到哪里去借钱呢? 突然,郭巧凤心头一亮,暗骂自己真是急昏头了,自己不是有私款吗,只要拿着长城卡去银行取钱就行了。想到这里,巧凤悄悄掏出钥匙想去开抽屉,再一想,现在不行,汪吉庆在房里,肯定不会让自己把卡拿走。怎么办呢? 巧凤急得在阳台上不住地想办法。她一抬头,突然发现前面路灯下,一男一女正在拥抱接吻,心里一动,想出了一个调虎离山计。

郭巧凤听人说过,这两年汪吉庆成了大红人,口袋里的钱也越来越多,经常有些轻佻的女人向他献媚。最近,有人说打字员丽娜黏着他不放,有时半夜还约他出去。巧凤决定马上就冒充丽娜打电话把汪吉庆约出去。

这时已是晚上十点多了,郭巧凤推说上街买夜点心出了门,她飞快地来到娱乐中心门口,看中了一位浓妆艳抹的姑娘,把她拉到一旁,塞上一把钱,在她耳边嘀咕了几句。姑娘二话没说,走进旁边的公用电话亭,操起话筒,嗲声嗲气地说:"嗯,是总经理吗? 我是丽娜,你马上到娱乐中心门口来,我等你,有要紧事商量。"姑娘说完,搁下电话,连对巧凤看都没看一眼,扭着腰肢飘走了。

姑娘一走,巧凤飞速跑回家,正巧,汪吉庆从楼道下来,身上穿着那件黑色的风衣,竖起领子,把头和脸裹得严严实实。

等汪吉庆一出门,巧凤手脚麻利地开了抽屉,迅速取出长城卡藏进口袋中,拉开门正想出去,被汪吉庆伸手拦住了。

生 生 死 死

汪吉庆怎么又回来了呢?原来他接到电话出门后,根本没有去娱乐中心,因为那个打字员丽娜今天下午动身去上海出差了,是汪吉庆亲自用小车把她送走的。刚才突然丽娜来电话约他出门,汪吉庆知道是妻子巧凤的花招,就将计就计假装出门赴约。后来见巧凤回家,就紧紧尾随在后,躲在门口看动静。

一切真相大白,汪吉庆拦住巧凤厉声说:"把卡拿出来!"这一着巧凤万万没有想到,她用手捂住口袋,倒退了两步。"怎么,要我动手吗?"汪吉庆阴沉着脸。巧凤想夺门而逃,但见丈夫堵在面前,像老鹰抓小鸡似的拦着自己,根本不可能逃脱。她又退了两步,紧张得身子微微颤抖起来。

汪吉庆步步紧逼,把郭巧凤逼进了墙旮旯里,正要动手,突然,巧凤双膝跪倒在他面前,带着哭声哀求说:"吉庆,看在我们夫妻的情分上,你答应我一次吧!张挺是我的老同学,好朋友,我不能看他走上绝路,救他一救吧!我求求你了。"

巧凤这一跪,汪吉庆慌了,急忙把她扶起来,连声说:"不、不,巧凤,你不用这样,我们夫妻间什么事都好商量,快、快起来,我心疼啊!"可是巧凤哪里肯起来:"今天是我求你,你不答应,我就一直跪下去。"汪吉庆不忍心看妻子跪在自己面前,憋足劲,用力将巧凤扶进沙发里。

"你,不,放开我,快放开我啊!"郭巧凤拼命从沙发里站起来,挣开丈夫的手,直往门外冲。

"站住!"突然,汪吉庆大吼一声,像怒狮一样跳起来,一把拖住巧凤,把她拽进屋里,"实话告诉你吧,张挺今日的下场,是我安排的。""你……"巧凤摸不着头脑,睁着一双迷惘惊恐的眼睛盯着丈夫,"到底是怎么一回事?说呀,快说呀!"

原来,汪吉庆早已看中了经营海鲜这个赚钱的业务,谁想到半道上杀出个张挺来,他也要做海鲜生意。汪吉庆慌了,为了达到整垮张挺的目的,他苦心设置圈套,一面假装醉酒溺水与张挺缔结生死之交,同时,不择手段用重金买通海南关系,给他制造麻烦,逼他三天之内交出五万元押金,一面又送请柬放诱饵答应借钱,把张挺稳住,故意拖延时间,让他措手不及,最后逼上绝路,人财两空。这样,汪吉庆可以体体面面独做海鲜生意赚钱了。

这是一个多么恶毒的计谋啊,郭巧凤听完差一点晕倒。此时此刻,她彻底认清了丈夫的丑恶嘴脸,也更为张挺愤愤不平了。但是,巧凤了解汪吉庆的秉性,知道来硬的已经救不了张挺,所以转念一想,拍着大腿埋怨道:"你啊你,为什么不早跟我说明呢,要早知道,何必烦这种神,好了好了,你把卡拿去吧。"巧凤边说边从口袋中摸出长城卡,塞到汪吉庆手中。就这样,一场风波似乎平息下来,夫妻俩重归于好,共枕同眠。

到了天快亮的时候,郭巧凤蹑手蹑脚爬起来,偷出长城卡悄悄开门下楼,直奔张挺的经营部而去。

张挺等在经营部,早已急得像热锅上的蚂蚁,团团乱转,忽听一阵急促的脚步声,打开门一看,果然是巧凤,忙把她迎进屋,急促地问:"怎么样,有办法吗?"巧凤说:"你放心,我拿来了。给,这是我和汪吉庆的私款。""汪吉庆?""他是我的丈夫。"

"啊……"这一惊非同小可,张挺怔住了。巧凤说:"汪吉庆为了赚钱,设下圈套把你逼上死路,手段太卑鄙了。这事以后再说吧,先把钱拿去。"边说边从贴身口袋中摸出一张精致的硬卡,"这是中国银行的长城卡,你马上动身,天亮前赶到天宁县城中国银行,那里的领导是我的表姐,我给你写了一张条子,她会把钱付给你的。""这……""不要拖时间了,快走吧!"巧凤说完就出了经营部的大门。

张挺目送着巧凤远去的身影，两眼湿润了。良久，他回过神来，正想出门，忽见门外蹿进一个人来，逼着他闷声说："快，把卡交出来！"

张挺被吓了一跳，定神一看是汪吉庆，不由大声骂道："姓汪的，你这个没有良心的狗东西，快滚开，我正后悔当初不该救你。"汪吉庆利令智昏，他脑子里只有一个念头，卡不能让张挺带走，因此心生一计，突然高声大喊："快来人啊，抓强盗，有人抢我的银行卡啦——"

这一喊，惊动了过路的群众，张挺知道坏事了，这长城卡确实是汪吉庆的，即使上派出所，也是有口难辩，解释不清楚。怎么办呢？丧失了理智的张挺顺手操起墙角一块铁板，对准汪吉庆的脑袋死命砸去。汪吉庆惨叫一声躺在地上，顿时七孔鲜血直流。张挺一看闯祸了，正想夺门而逃，发现联防队员和民警正朝自己逼近过来，便立即退进屋里，抓过台上一把水果刀，对准自己的胸口刺了下去……

再说巧凤回到家中，一看汪吉庆不在床上，知道事情有变，她一分钟也没有停留，立即骑上那辆轻型摩托车，风驰电掣般地向张挺经营部飞赶而去。

来到小街的十字路口，郭巧凤远远看见经营部门口黑压压围着一群人，人们叽叽喳喳地在议论着什么，她知道凶多吉少，一颗心"怦怦怦"狂跳起来，挤上前一打听，有人告诉她，刚才这里发生了一起抢劫银行卡的事件，还说："警察带着两个血人去医院了。"

郭巧凤的脑袋快炸开了，她二话没说掉转车头一口气赶到医院急诊室。这时，正巧从里面推出两辆尸车，她扑上去掀开雪白的罩布一看："啊——"惨叫一声，昏倒在地上。

（陈桂娣　李昌达）

带刺曼陀罗

虽然受欺骗者的心中感到深刻的剧痛,可是欺诈的人也逃不了更痛苦的良心的谴责。

带刺曼陀罗

湄 南 河 遇 险

万里长天,蔚蓝澄澈。一架波音747客机在泰国曼谷机场徐徐降落。

一位男子快步走出机场。他穿一套淡黄色的西装,系黑白斜纹的"金利来"领带,手提一个黑色皮箱,他就是香港缉毒总署的警长关峻山。此次泰国之别,他有重要公务在身。

接待关峻山的是泰国警官耶逢,他个子不高,皮肤黝黑,笔挺的警服,使他显得精神抖擞。

　　关峻山一见到耶逢就开门见山地直诉此行的目的:近日在香港破获的几宗贩毒案都牵涉到泰国的"鼬鼠"贩毒集团。希望与泰国警方合作,把"鼬鼠"及在香港的爪牙一网打尽。

　　耶逢双手一摊,摇了摇头:"我们也正为缉拿鼬鼠伤脑筋,不过,我们还是希望能与你通力合作。我们撒到各地的侦缉人员过两天就会回来碰头。你过两天再来,到时,我们根据掌握的线索再议定具体方案。"关峻山便点头应允。

　　关峻山离开缉毒总署就直接驱车驶到郊外,他想在紧张工作之余放松一下紧张的神经。但他没料到,他一进入泰国,就有一双阴森森的眼睛在盯着他。

　　落日的余晖把绯红的霞光洒到迎风摇曳的椰林上,撒进波光粼粼的湄南河,河边彩伞簇立,各色男女在河里嬉戏。关峻山觉得十分闷热,挑了一个僻静的地方下河游泳去了。他游到河中,把身子往后一仰,双手交叉叠在胸前,任凭绿波托浮着他。

　　忽然,"哒哒哒"的马达声由远而近。关峻山翻过身来,抬头一看,"不好!"一艘红色的摩托艇劈浪向他冲来。他的心猛然一惊,要游开躲避,速度怎比得上?摩托艇越来越近,他越发惊惶,危急之际,他忽然悟到了什么,把头猛地往水里一扎,把身子蜷曲,双手往深处狠劲一划,潜到水里。随之,脊梁上方传来了马达的吼声,红色摩托艇咆哮着从他身上面的水面飞驶了过去。

　　当关峻山浮上水面,红色摩托艇又掉转头向他冲过来。关峻山只得又深潜到水里去。如此反复多次,关峻山感到精疲力竭,还呛了几口水。就在这千钧一发之际,那边芦苇茂密的河汊里惊飞起几只白色鹳鸟,一艘白色摩托艇从那里蹿了出来,宛如一把寒光闪闪的利剑向红色摩托艇劈来。眼看就要撞到一起了,红色摩托艇的驾驶员惊惶万分,把尾舵猛往右一拐,白色摩托艇似惊飙掠电,呼啸着从它身边穿射而过。"好险!"红色摩托艇的驾驶员吓得脸如土色,待他调转艇头,还准备冲向关峻山时,那艘白色摩托艇又昂起艇头,劈波斩浪,带着吼声,裹着劲风,勇敢地向它撞过来。它只得丧气地调转艇头,一会儿,就消失在芦苇丛中……

白色摩托艇慢慢开到关峻山面前。驾驶员左手把白色头盔揭开,右手把额前秀发一撩,一个鹅蛋形的脸盘出现在关峻山面前,两道黑漆般的眉毛逶迤到鬓边,双眼皮的秀目闪耀着异样光彩,淡褐色皮肤更映衬得皓齿如凝脂一般雪白。"呵,芭拉——!"关峻山忘情地叫了起来。"峻山!"芭拉俯下身子,把关峻山拖上摩托艇,多情地伸开双臂,紧紧拥抱着他。

原来,这位名叫芭拉的泰国女郎是关峻山的情人。前几年他俩同在英国剑桥大学留学。一次在"亚洲同学联谊会"上认识以后,感情的温度直线上升。几个月前,毕业了,芭拉回到泰国,关峻山返到香港,在挚友力劝下,投身警界。因工作保密需要,他写信给芭拉,谎称在渣打银行任职。他原想好好休息一天,明天再去找芭拉,没想到在此时此地见到他日夜思念的情人。

关峻山感激地说:"不是你救护,我一定死在湄南河了。"芭拉用毛巾替他揩拭着头发与脸上的水:"你们中国人不是常说'吉人自有天相'吗?"关峻山奇怪地问:"你怎么知道我在这里游泳呢?""这……"一朵诡秘的火花在芭拉瞳仁中燃闪了几下就熄灭了。她岔转了话题:"你到了曼谷,怎么不事先打个电报或写信通知我?""我想给你来个突然袭击呢!"

芭拉告诉关峻山,她父亲也赞同他俩的婚事,但想先见见关峻山。关峻山没想到她父亲已同意了这门婚事,便高兴地答应明天早上就前去拜见。

第二天清早,关峻山来到芭拉的家。穿过由热带蔓藤缠绕而成的拱门,就到了院前的花园。花园里遍栽白色的鲜花,晨风吹来,摇曳多姿,掀起阵阵白色的波涛。

关峻山摘了一朵白花,漏斗形的花冠沾珠带露,晶莹可爱。

他把花朵夹在食指和拇指间轻旋着："这叫什么花?"芭拉笑了笑："你不认识? 这是曼陀罗花。""啊——"关峻山像被什么蜇了一下,手一颤抖,花朵滑落到地上:"你们怎会喜欢这种花?"芭拉弯下腰,把花朵捡了起来:"你看,它多么雪白! 多么素雅! 它是纯美、圣洁的象征。"关峻山却睥睨道:"我听说曼陀罗花是带毒的,中国古代侠士用来麻醉人的'五更还魂香'就是用它做的。"芭拉仰天大笑起来:"带毒有什么可怕? 你不去惹它,它会来伤害你吗?"说完狡黠地一笑,便带关峻山进屋去了。

关峻山刚坐在藤椅上,一位鹤发童颜的长髯老者就从二楼走了下来,他就是芭拉的父亲,也是"曼谷朗星远洋运输公司"的董事长。公司规模不大不小,拥有七艘万吨货轮。

关峻山先奉上随身带来的礼物:两瓶贵州茅台酒和一套景德镇瓷器,再递上一张印有中英两国文字的名片。名片上当然是关峻山的公开身份:香港渣打银行管理处高级襄理。

老人对关峻山印象甚好,无所不谈,在交谈中,关峻山得知了芭拉在父亲的帮助下办起了颇有特色的榴梿可乐工厂,而且他俩在曼谷都是知名度很高的慈善家。

老人留关峻山吃了一顿泰式家宴后,就嘱咐芭拉陪关峻山去游览曼谷的名胜古迹。

玉佛寺见"鼠"

泰国是世界有名的"黄袍佛国",曼谷市就有寺庙四百多座。最具名声的,就是拉玛一世定都兴建大王宫的一部分——玉佛寺。

芭拉花了一百泰国铢,买了两张入场券。绕过殿堂,转过回廊,来到了正殿,关峻山举目张望,在高达十一米的镀金祭坛上,有一尊高约六十厘米的玉佛,碧绿欲滴,晶莹剔透,玉佛头顶悬挂着九层的彩色花伞,佛像两旁吊着代表太阳和月亮的剔透水晶球。大殿内蜡烛高燃,香烟缭绕,善男信女有的在蒲团上顶礼膜拜、祷告祝福,有的敬献花串、捐赠香油钱……芭拉十分熟悉地捐赠了一万泰国铢。

一个中年香客贴近关峻山,小声问道:"你要白货吗?"关峻山心中一动:"你有多少货?"芭拉一下就插了进来,斥责那中年人:"你在此干贩毒勾当,不怕玷污佛门圣地?当心来生不得好死!"中年香客见势不妙,匆匆溜走。芭拉转向关峻山:"你到泰国来就是为了买毒品?""不!不!在香港,有个医生朋友叫我买少量回去,他说有镇静止痛的疗效。""这是犯法的!"关峻山见芭拉态度严肃,只好诺诺点头。

两人手挽手刚出了玉佛寺,一辆蓝色"雪铁龙"在他们面前刹住了。车门打开,钻出几个彪形大汉和一位皮肤白皙的青年。这青年名唤差提。他手里捧着一束白色的康乃馨。一见到关峻山,带有醋意地诘问:"你是日本人,还是中国人?""中国人。""你别从中插手,芭拉是属于我的。"差提说完把花束送给了芭拉,但芭拉却把花扔在地上:"差提,我不是跟你讲过几十遍了,我不爱你!"差提仍然满脸赔笑:"讲条件,我哪点比不上你?论钱财,我父亲比你家富十倍。""呸!我视金钱如粪土,你那些臭钱,最好拿去垫棺材!"

差提恼羞成怒,右手一挥:"看你还嘴硬,抢!"几个大汉蜂拥而上。有两个人挟持着芭拉就往雪铁龙上拖。芭拉挣扎叫道:"峻山!"关峻山跃步上前,伸出手掌向两位大汉手臂砍去。两大汉"哎哟"痛叫一声,手一松,芭拉像鲇鱼一样,从他俩手弯中滑了出来,闪到关峻山背后。

差提一捋衣袖,握拳想与关峻山较量,却被一位彪悍的大汉拦住了:"少爷,何必要你动手,待我来教训他!"他把衣服一剥,胸前露出一个"鼬鼠"的文身图案。

关峻山心中一动：难道他们就是我要找的鼬鼠集团？关峻山稍一迟疑，黑大汉把脚一蹬，以"饿虎擒羊"之势扑向关峻山。关峻山一侧身子，避过拳风，抡起右掌，"啪"地打在黑大汉的嘴巴上，把他的门牙也打落了一只。关峻山趁他慌乱之际，冲步上前，双臂收缩，再向前猛力一推，把黑大汉推撞在"雪铁龙"上。

差提掏出了弹簧刀，"啪"地弹出寒光闪闪的利刃，向关峻山猛扑猛刺。关峻山手无寸铁，一边退避，一边寻求对策。忽然向差提下身击去。差提猝不及防，痛得他跳了起来，倒在了地上，"嗷嗷"痛叫。

关峻山捡起刀子，又似老鹰叼小鸡般拎起了差提。左手似蟒蛇缠身箍住差提的脖子，右手的弹簧刀对着差提的鼻尖，喝令道："以后还敢欺负芭拉吗？说！"

面对明晃晃的刀刃，差提只好连声讨饶，关峻山这才把差提用力一操，推出一丈开外。这时，有个打手惊惶报告："不好了，警察往这边来了。"差提似丧家之犬钻进雪铁龙，伸出头悻悻骂道："你这中国佬，当心狗命！"雪铁龙一溜烟地飞驰而去。

望着远去的雪铁龙，关峻山问："他是什么人？"芭拉答道："这差提是我中学的同学，流里流气，令人讨厌。昨天傍晚在湄南河驾着红色摩托艇要害死你的，就是他。""呵——"关峻山倒抽了一口冷气，"他是干什么的？""他父亲是暹罗米行的董事长。差提替他父亲料理米行生意，但听说他常出入芭堤雅市。"

关峻山陷入了沉思："差提会不会就是此行要追缉的鼬鼠头目呢？"他决意追查下去，但自己的真正身份尚未告诉芭拉，只能借用其他理由："芭拉，听说芭堤雅市'蒂芬妮人妖歌舞团'的演出很精彩，我想去看看。"

芭拉的脸上浮起了阴郁的乌云："芭堤雅市是差提的地盘，我怕你会遇到麻烦。""怕什么？那里有法律的约束与警察的管辖，况且我已和他们交过手。"芭拉沉思了一下："这也好，我的榴榴梿可乐厂近日要进原料,我后天也要去芭堤雅买一批榴梿。你先到海边的绿岛酒店替我订下房间。"

关峻山送芭拉回家后,就打电话到泰国缉毒总署,把情况告诉耶逢,然后独自到芭堤雅去了。

芭 堤 雅 迷 雾

关峻山一到芭堤雅市,没有被旖旎的风光迷住,为了找到差提,他跑遍了全城,但还是找不到差提一伙的踪影,想到差提是个浪荡公子,会不会到人妖歌舞团去猎艳寻欢呢? 于是花了二百五十泰国铢,买了入场券。

大剧院前霓虹悦目、彩灯媚人,关峻山进场后在后边坐下,眼睛在人丛中搜猎着,可是直到帷幕关闭,剧院的门全都打开了,还是不见差提踪迹。却谁知他到海滨乐园刚坐下,肩膀就被人按住,转头一看:"差提!"差提以恳求的口气道:"你是中国人,何必插在我和芭拉中间呢?""难道爱情有国界之分吗?""但你对芭拉并不了解,芭拉是干贩毒的。""什么?"关峻山像被电触了一下,"你有什么证据?""证据? 暂时没有,但我也是听人传闻。""没有真凭实据就不要乱诬他人。"差提正要讲什么,忽然他的目光望到远处,像发现了什么,就急急溜走了。

关峻山好生奇怪,一个穿警服的人已来到他跟前,呵,耶逢! 耶逢说:"那个差提,是我们监控的对象。""那我该干些什么呢?"关峻山问。"你是个外国人,目标太大。况且,差提和你打过多次交道,你想暗中跟踪他已不可能了。"关峻山觉得耶逢讲得确有道理。耶逢向关峻山要了他在芭堤雅的住宿地址,就离开了。

第二天,芭拉来到芭堤雅,办妥了采购榴梿的生意,赶到绿岛酒店时已是晚上十点钟了。她淋浴了一番后,从浴室出来,上身穿着泰国少女最喜欢穿的丝质"塔梅"服,领口低,酥胸微露,紧束的银腰带使她曲线玲珑、青春横溢。下套白色直筒裙，趿着拖鞋。她坐在白藤椅上，轻梳着湿漉漉的瀑布般的长发。

关峻山紧挨着芭拉。她则轻抚细摸着关峻山的右手掌，说道："峻山，有几个国家的客商订购了我的榴梿可乐，交货地点在香港，货款以港元兑泰铢付给我。你能不能把你来泰国前一天的外汇兑率告诉我？"

关峻山为了表明"银行职员"的身份，上个月曾把各种外汇的兑汇率背得滚瓜烂熟，所以胸有成竹地点点头："行！行！"芭拉取出本子和笔，问道："美元对港元买入价兑率？""7.911。""英镑兑港元呢？""13.35。""瑞士法郎对港元呢？""4.789。"关峻山应答如流。但芭拉"啪"地合了本子，"霍"地站了起来，勃然变色："关峻山，你是个冒牌货！""你胡说！""哼！你那兑率只是上月底银行的挂牌指数。这个月黄金价格暴跌，兑率早已变化多时。"芭拉的明眸射出了道道冷光，"我看你是个香港警察！""你别乱猜，讲话要有凭证。"关峻山心中大惊，但嘴里仍硬撑着。

芭拉激动得满脸通红："那天在玉佛寺前，你力敌群凶，马步稳健，套路不凡。这哪里是银行的文职人员？分明是训练有素的警探。"芭拉又端起他的右手掌，指点说："你右掌的食指和虎口都有厚厚的肉茧，无疑，这是你经常练习手枪射击而磨炼出来的。这点，你能否认吗？"一切伪装都被芭拉毫不留情地撕开了，关峻山一时无词以答，沉思了好一会，才说："上司严令规定，对外人不能随意公开自己的身份。"

"我是外人吗？"芭拉噘起小嘴。"我不得不提防，况且——""况且什么呀？"关峻山低下头，两眼不敢正视芭拉，说："况且差提说你是干贩毒的。"芭拉轻蔑地吐了口唾沫："这差提，死皮赖脸追我，我不买他的账，竟反咬一口。你们中国不是有句谚语吗？狐狸吃不到葡萄就骂葡萄是酸的。""是！"关峻山频频颔首。

芭拉推开了落地长窗，走出凉台，关峻山也跟了出来。宝蓝色苍穹上的朗朗明月,把银白色的清辉撒到暹罗湾无垠的海水中。海风,携挈着海涛絮语,挟带着"叮咚"琴声,拂脸而来。

关峻山上前把芭拉揽在怀里,把嘴唇往芭拉软滑细嫩的嘴唇上凑去。迷离恍惚中的芭拉忽然睁开了眼,用力把关峻山推开,连连摆手:"不!不!"关峻山被欲火炙烤得喉咙发干,双眼冒火:"芭拉,难道你不相信我吗?"芭拉说:"我不做男人的玩偶,只能堂堂正正地嫁作人妇。谁知道你在香港有没有妻室?"

"没有!没有!"关峻山把手猛摆,正要发誓,这时,响起了急促的敲门声。

关峻山开了门,警官耶逢气喘喘地奔了进来:"不好了,差提已调集人马,来这里抢你的女友。"关峻山和芭拉急忙拾行李。站在凉台的耶逢叫了声:"糟啦!"原来四辆小汽车已驶到了绿岛酒店门口,钻出十多位大汉,有的拿手枪,有的拿匕首。差提与黑大汉留两个人守汽车,其余的人都拥进了绿岛酒店。

"怎么办?"关峻山犯难了。耶逢那机灵的眼睛眨了几眨,说:"时已夜深,电梯关闭了,他们只能从楼梯向上攀,爬十九层楼要花不少时间。"耶逢叫醒了值班的侍者,出示了警官证件,侍者用电梯把他们送到了底楼。

关峻山三人利用暗影的掩护,摸上去,击昏了守车的两个歹徒。当他俩坐上尼桑轿车时,却被差提他们发觉了。他们折回,乘着三辆小汽车尾追而去,一边向"尼桑"车射击。枪声"砰砰"地响,车轮"呜呜"地转。关峻山想起了什么:"打车轮!"耶逢把手枪伸出车厢外,对后边的轿车车轮来了个快速点射。

飞旋的前轮被子弹打穿了,泄气了,高速行驶的轿车失去了平衡,似酒鬼般摇晃蛇行,忽然,"嘭"车头撞到了路边的电线杆。后边两辆轿车猝不及防,"砰砰嘭嘭"地撞到前边轿车的屁股上……

"尼桑"像箭一样向前射去。

柳暗复花明

两天后,耶逢来到关峻山下榻的曼谷金鳄酒店,告知他:那晚撞车,差提没有受伤,他已订了明天上午九时正从曼谷飞往香港的机票,但此行的目的还不清楚。

第二天,曼谷机场的"曼谷——香港"波音客机舱内,最后一排坐着一位长发披肩、满脸络腮胡的男子,他手捧《泰国风情》杂志,眼睛却往外窥望。他就是化了妆的香港警长关峻山。

一会儿,一位中年妇女携着个小女孩进来了。差提热心地帮她把皮箱放进行李舱内。关峻山警惕的眼睛一亮:差提与妇女的皮箱一模一样。

飞机在香港启德机场降落后,关峻山发现差提果然与中年妇女换了皮箱,就马上找到了海关人员……

中年妇女在关口被卡住了。打开皮箱,妇人"呀"地叫了一声。里面有透明塑料袋包装的优质大米"暹尖",还有十多包用塑料包封的白色粉末。妇人一个劲地摆手,说这些东西不是她的。

那边,差提也在另一个关口被卡住了,被带回中年妇女面前。这时,关峻山已撕去假胡须,掀去头套,恢复了原来面目:"差提先生,不见几天了,请你交回拿错的东西。""你没有这个权力。"关峻山掏出缉毒总署的身份证:"我正在行使这个权力。"

关员示意差提打开皮箱,里面全是女人小孩的衣服。中年妇人马上说道:"这才是我的。"关员和关峻山嘀咕了几句,就放中年妇女先走。

关峻山指着那十几包白色粉末:"现在该物归原主了,你说,这是什么?"差提却反问:"我是做什么生意的,你是否知道?"关峻山抄起一包白粉,抛了抛,讪嘲道:"当然知道,你是贩这些的。

现在铁证如山,你还有什么好说?"

"你马上放我走,别耽误我的公务!"差提夺过关峻山手中的白粉,扔回皮箱,"啪"地合了盖子,就想拎走皮箱,关峻山一脚把皮箱踏住了:"走? 我问你,这些货你送到香港的什么地方?""送去油麻地的福和米行!"

关峻山仰头哈哈大笑,讽刺道:"米行也做起'海洛因'生意来了?"差提仰头哈哈大笑:"什么海洛因,我连见都未见过,你别乱诬好人!"差提掏出一张带香水的名片,关峻山一看:"泰国暹罗米行董事长襄理"。

差提说:"我要和福和米行做笔大生意。这次,我带来的就是黏米粉、糯米粉和'暹占'米的看货样板。"

"啊?"关峻山好像行路踩空,失去重心一样,便叫关员从各包白粉中取样进行化学检验。不久,化验结果出来了:全是黏米粉和糯米粉,并没有海洛因。按机场惯例——放行!

差提抄起了皮箱,奚落道:"警官先生,你慢慢笑吧! 拜拜!"故意行了一个注目礼,大步走出了关口。

还没等关峻山回转神来,便被叫到缉毒总署的警务处,刘锴处长那圆胖胖的脸板得老紧,声色俱厉地呵责他:"在机场被人当作傻子当众戏弄了一番,在我总署有史以来还是第一次。"

关峻山垂手而立,满面愧色,任由上司严词训斥。

就在关峻山怏怏不乐、十分迷惘之时,芭拉到香港参加"亚洲慈善家协会理事会"来了。

芭拉见了关峻山的弟弟关峻海和父亲关泉,对这清一色的阳性挤住在狭小破旧的房子里,在同情之余又感到欣悦:关峻山的确没有妻室。她听关峻山讲了在启德机场受戏弄的事后,眸子转动了几下,说:"峻山,我看你中了差提声东击西之计了。""不会吧?""差提故意用调包计,把你和关员的注意力集中在他身上,跟随他后边的同伙趁你们松懈之机,把毒品夹带进去了。"

关峻山想了一下,悻悻地骂道:"这个差提,太狡猾了!"芭拉安慰说:"泰国毒贩的手段又狡猾又毒辣,稍有疏忽,就会上他们的当。"

芭拉在离开香港前夕,就与关峻山办了结婚登记,并确定三个月后的星期天作为举行婚礼的日子。

十天以后,芭拉从泰国打长途电话给关峻山:差提最近在金三角买了一批海洛因,又向芭拉父亲订了一艘万吨货轮,估计他会把海洛因夹进大米包运进香港。

第二天上午,关峻山把情况向刘锴处长作了汇报。刘锴处长搔着胖脑袋十分为难:十万包大米中藏那些海洛因,犹如大海捞针,你怎么查? 后来,关峻山提了一个建议。关峻山曾到过日本成田,在机场,亲眼见日本关员用牧羊犬从一些行李中搜出隐藏得十分巧妙的毒品。细问才知在成田机场东南一公里处,有个毒品搜查犬训练中心,那里训练出来的搜查犬,服役不久已查出了五十多起贩毒案。刘锴处长大喜,一个火急电报,两天后,四条毒品搜查犬就从日本成田机场运到了香港。

几天以后,一艘装满大米的泰国万吨轮,在香港西北角的葵涌码头靠泊了,它就是警方等待围捕的"暹罗七号"。

关峻山一上甲板,就碰到了差提和胸前文有鼬鼠的黑大汉。差提知道关峻山又要来搜查毒品,就大声抗议道:"我一向只做大米生意,你们执意检查,误了船期,课罚巨款,你们要负此责任。"

"一切后果我们会负。你要当即卸货吗? 可以,一切按旧程序去办。"关峻山胸有成竹。

两辆大吊车开来了,大米一包包被放进缆绳编织的大网兜里,吊车"呼"地把大米提出舱外,放到码头边的大卡车上。四只搜查犬分散在四个角,闪动着锐利的眼睛,伸出的粉红长舌不时淌出涎水。

当空的烈日移到了西边,又坠下海平面,小山般的大米堆被削平了,又凹下去。大半天的搜查一无所获,差提的抗议声一声高于一声。搜查犬逐渐变得慵倦了,警员们也松懈了。

关峻山心急如焚。忽然,"汪汪汪"搜查犬吠声此起彼落。它们扑向其中几袋大米上,用四肢猛刨着盛大米的麻袋。

"呵,见馅了!"关峻山命警员把大米包扛到甲板上面,拆开封口,拿起袋尾一倒,白花花的大米马上泻了出来,紧接着,一包包用塑料袋封好的白色粉末滚落出来,一检验果然是"海洛因"!很快,就在八个大米包里搜出深藏的海洛因共四十多斤。

关峻山轻蔑地嗤了一声:"差提先生,你的手段可谓高明,须知天网恢恢,疏而不漏!""唉——"差提长叹一声,痛苦地捂着脑袋,脚一软,瘫坐在甲板之上。

庐山真面目

芭拉拿出三百万元在香港买了一幢小别墅,作为他们的爱巢。

婚礼那天,宾客满堂,热闹非常。芭拉今天非常惹目,一袭拖地雪白婚纱,头纱上加上一圈白色的曼陀罗花,使她恍若飘然下界的白衣天仙,又似刚从水中娉婷而出的出水芙蓉。

一位身体微胖、警服毕挺的官员出现在门口,他就是警务处长刘锴。刘锴以他惯用的官调宣布:"警长关峻山,近日缉毒功勋卓著,经上司批准,提升关峻山为督察,每月加薪一千二百元。"在宾客如潮的掌声中,关峻山上前接过委任状和一面绣着"缉毒楷模"四个金色大字的锦旗……

几天之后,关峻山随芭拉到泰国度蜜月。他俩徜徉于暹罗湾畔,看朝霞织锦,望落日熔金;鳄鱼湖的人鳄搏斗,令他们心惊胆颤;素辇府的赛象会,让他俩捧腹大笑。他俩流连黛山,泛舟碧水,谈风月,叙幽情,蜜月的小船穿行在快乐的海洋上。

一天,老管家风尘仆仆从瑞士归来,芭拉欣喜万分,酒兴大发,她一人就饮了大半瓶法国干邑白兰地,直到醉态百出才肯罢休。关峻山扶她回卧室之时,芭拉黑漆漆的眸子闪耀出兴奋的火星:"峻山,这几个月我们又发了大财!""发什么财?""赚了三百万美元。"

关峻山用手轻撩她的秀发:"你今晚喝醉了。""我没醉。"芭拉晃着醉步,开了保险柜,取出一张粉红色的纸条:"我怎会醉,这是老管家今天从瑞士带回来的。"关峻山定神细看,这是瑞士日内瓦银行的存折,户名用英文写"关芭"两个字,便奇怪地问:"谁是关芭?"

芭拉嗔笑道:"这是我俩姓名的合写,这些钱是我们的共同财富。""怎会赚到这么多钱?""明天我带你去开开眼界。""到哪里开眼界?""曼谷湾的水底。"讲到这里,芭拉连连打了几个酒呃,脸上红潮阵阵,她用手按揉着"突突"猛跳的太阳穴,酣然入睡了。

关峻山冥思苦想了一夜也想不出所以然来。第二天清早,他再追问芭拉,但芭拉却反口不认账了:"没那回事,可能是我酒后胡言吧!"关峻山却铁定地说:"不会是胡言,你还拿出瑞士银行的存折给我看哩!""那些钱是替我父亲存的。""不会!我亲眼见过,存户是我俩名字的合写。""这……你别把我当犯人审啦!"芭拉避而不答,生气地走开了。

这一来,关峻山心中的疑团更大了。后来,他从司机披汗处得知芭拉每月十五日都到曼谷湾去,但内情披汗却不肯吐露。

十五号那天傍晚,芭拉乘披汗的车出去了,关峻山租了一辆丰田车远远盯着,看着他们拐进曼谷湾畔的小树林里。关峻山利用灌木丛和草堆作掩护,蛇行鼠窜追上前去。只见芭拉向披汗打了一个手势,披汗打开汽车后盖,取出一套蛙人服,递给芭拉,芭拉利索地穿戴起来。当她套好脚蹼,戴好护目镜,想跳下水时,关峻山似狡兔般冲出,把她拦腰抱住,吓得她哇哇大叫。

芭拉推开护目镜,见是关峻山,不禁怒目圆睁:"你来这里干什么?"关峻山冷冷反问:"我正要问你呢!""有些内情你不必知道。"关峻山有点愤懑:"我与你是夫妻,应当胸怀坦荡,同舟共济,有什么值得隐瞒呢?"芭拉犹豫地说:"我怕你知道内情,对我……"关峻山信誓旦旦地说:"命运已把我俩血肉之躯连在一起,难道你还不相信我对你矢志不渝的情意吗?"

芭拉用手掠着被海风吹散的头发,语调沉缓地说:"你先发誓,无论怎样,你都要与我同一条心,患难与共!""行! 行!"关峻山真的上指苍天、下指大地发起誓来。芭拉这才叫披汗再取出一套蛙人服,给关峻山穿戴起来。

关峻山随芭拉跳下水去,向水底潜去,下潜了半个多小时,就看到巨轮黑刷刷的船底,他们在夹缝中穿了过去……一会儿,他就见到前边有几个蛙人在一艘船底忙着。这船底有些特殊,用铁板多焊了一个流线型的小舱,蛙人们正把一包包封好的白色粉末装进小舱里。他们一见芭拉到来,都举手致意。

"呵,海洛因!"关峻山顿时觉得五雷轰顶,芭拉原来是靠贩毒赚大钱的。一上岸,关峻山就扯下护目镜,连脚蹼也来不及脱下,就冲到芭拉面前,咆哮骂道:"原来你是条披着人皮的狼!"说着,向芭拉猛扇了一个耳光,把她打得仰倒在灌木丛中。

披汗扶起了芭拉,握拳想向关峻山扑去,但被芭拉喝住了。芭拉揩着嘴角的血丝:"你打吧! 骂吧! 我以前也曾骂过危害社会的毒贩,但现在我想明白了,人活一辈子,不求实惠求什么?人生的信条就是爱情加金钱。我能得到你,在爱情上我十分满足。现在,我正为金钱而奋斗。"

关峻山鄙夷地望着她:"这些钱都带着罪恶。"芭拉点点头:"那些钱的确是不干不净。但大千世界,为了钱,有人尔虞我诈,巧取豪夺,有人杀人越货,鲜血淋漓。我还有点善心,每星期都去玉佛寺烧香还愿,捐香油钱,为的是积些阴德,赎回罪愆。我每个月还把不少钱捐给儿童福利会,减轻内心的负罪感。"

关峻山上前搂住芭拉肩膀,右手替她抹去嘴角血丝,劝道:"芭拉,从今天起,你洗手不干吧? 这样,我们还是好夫妻。"芭拉摆了摆手:"我不干,你不干,世上的毒品走私也不会绝迹,还会有其他人干的。"关峻山浓眉竖起,如同悬起两把愤怒的利剑:"难道你真是冥顽不化?"

芭拉回答时口气强硬:"难道你'永不变心'的誓言是一番空话? 我受你骗了,公开了这其中的秘密!"关峻山听后把拳挥了挥:"我才是受了你的骗,我以为你是个纯情少女才和你结婚,想不到你是个害人魔鬼!"

司机披汗上前劝阻:"在这郊外吵架不是办法,不如先回家去再说吧!"

关峻山回到芭拉家里,气鼓鼓地收拾行李,芭拉在房门口想拦阻他,却被他一掌推翻在地,关峻山快步走下楼梯,愤然离去。

芭拉父亲知情后,就催促芭拉去把关峻山追回来。在曼谷机场,芭拉追上了正在候机的关峻山。她拽着关峻山的衣服:"峻山,你把夫妻的情爱看得那么淡薄?""你太令我失望了,我心中的贤妻并不是一个毒贩!""峻山,你为人有正义感,这点令我十分钦佩,但我在法律上已经是你的妻子。倘若香港警方悉知这情况,还会让你在警界干下去吗?""这……"关峻山悚然一抖,申辩道:"一人犯事一人当,我自身是清白的。""但你早就不清白了,我们在香港的小洋房,就是用贩毒挣的钱买的。""什么?"关峻山像被鞭子抽了一下,眼前爆出了无数金星。

突然,一辆警车在他俩面前刹住,跳出一个全副武装的泰国警官,他正是耶逢。

耶逢叫他俩上警车后,对芭拉说:"你父亲打电话给我,叫我来解开疙瘩。"关峻山大惑不解:"怎么,你认识我岳父?"

耶逢笑了笑:"老搭档了。"芭拉这才插上话来:"峻山,上回湄南河救你,全凭耶逢预先得知消息,告诉了我。""呵,你们早已串通一气了?"关峻山甚为惊愕。

芭拉脸色严肃地说:"现在,一切都没有必要隐瞒了。我向你介绍一下,耶逢是我们集团的第二把手。"

关峻山的心弦重重地颤了一下:"耶逢,你身为缉毒警官,却干贩毒的勾当?"耶逢露出浅浅的笑靥:"这有什么值得大惊小怪?"

"这真想不到!"关峻山感慨地摇了摇头。

"世界上想不到的事情多着呢!你妻子才是真正的强中手。鼬鼠的大头领就是她!"耶逢伸出了大拇指。

关峻山愣住了:这经常在自己怀中颤栗的温顺小绵羊,竟然是在贩毒界纵横捭阖的一代枭雄?这位声名显赫的慈善界翘楚,竟是港泰双方合力缉捕的黑道头子?他有点茫然地问:"那么,差提并不是鼬鼠头目?"

耶逢轻蔑地说:"这浪荡小子,骄矜有余,韬略不足,怎能担此重任?况且,他是属于另一个地盘的人。"

芭拉这才向关峻山吐露了事情的真相:差提的"芭堤雅帮"一直与鼬鼠集团争夺贩毒地盘,但差提却不知对方的头目是芭拉。芭拉提供线索,让香港警方查获船上大米包里的海洛因,却使船底的毒品顺利过了关。芭拉借香港警方之手剪除了与她争霸的贩毒势力。

耶逢见关峻山惊愕万分,便拍着关峻山的肩膀道:"我初时下水也是十分惶恐的,但干多次就习惯了。凭借我们三人的身份,我们精心设计的一切都将是天衣无缝的。来,祝贺我们联手合作。"说完,耶逢伸出了右手,握住关峻山的右手。

两只不同国籍的警官的手握到一起来了。

苦 心 设 陷 阱

自从关峻山得知芭拉贩毒后,曾几次劝芭拉回头是岸,但她不但不听,反而气势汹汹:"我不会听的!我手下的人也不会听!你以后别再费唇舌了!"

关峻山怀着痛苦的心情回到了香港。芭拉不愧是独具手法的毒枭,她常以重金雇佣人员,侦探其他贩毒集团的情报,然后通知关峻山,让他带领缉毒队去缉获。正因为此,关峻山平步青云,由督察擢升为高级督察,不久又晋升为总督察。

关峻山虽然没有直接参与毒品走私的调运工作,但他采取了姑息的态度,大量毒品通过"暹罗七号"的船底暗舱运到了香港。那边,芭拉在瑞士银行的存款数直线上升;这里,关峻山常在苦闷惶惑的漩涡里挣扎。

一次,关峻山在九龙湾缉捕一班吸毒分子,最后追到贩毒的小老板竟然是自己的胞弟关峻海。出于兄弟之情,他把弟弟训斥了一顿,放走了,但他的心灵受到了巨大的撞击,贩毒对社会的毒害多大呀!关峻山曾有几次想到警务处找刘锴处长,把一切作个坦白,以释减内心的痛苦。但当他徘徊来到处长室门口时,昔日与芭拉柔情缠绵的情景就浮现在眼前,他的心便滴血,一个转身,悄然离去了……

一次,关峻山正要外出,见邻居的云吞小店哭声不绝,闹哄哄的,就挤了上去。原来,是店主王大成吸毒成性,欠债累累,要将云吞店抵押出去,他老婆扯着他又哭又骂,小孩子也哭作一团。关峻山将身上那一千多元给了王婶,带着遗憾之意默默离去。谁知,当晚十点多钟,愧恨交加的王大成从五楼跳下,头颅破裂,脑浆横溢。王婶抚尸痛哭,大骂那些该千刀万剐的毒贩,害死她丈夫。深夜,王婶因悲伤过度疯了。

一连几天，关峻山都寝食不安，心乱如麻。夜风，送来了王婶的声声哭、声声骂，似钢刀一下下地剜着关峻山的心，望着悬挂在厅堂里"缉毒楷模"的锦旗，他羞愧万分，良心受到了强烈的震撼。他终于咬着牙关，找到了刘锴处长，痛苦地说："我的妻子芭拉是……是个毒枭。"

刘锴处长大吃一惊："不会吧？你是在跟我开玩笑。"

"是真的！"关峻山把自己如何识破芭拉庐山真面目的前后细节详细地讲了出来。刘锴处长听着，听着，忽然笑了起来："峻山，你是在给我编故事吧！芭拉是泰国知名慈善家，怎么会贩毒呢？现在这里只有你我两个人，你现在把话收回去也不迟，就当我没有听见。"

"不！鼬鼠毒品源源不断运来香港，这给多少家庭造成了祸害。我良心受到谴责，罪过呀！"关峻山语调沉痛。

刘锴处长见他态度坚决，不能不信了。他伸出了大拇指："你大义灭亲，实属可敬可歌，不愧是警界楷模与典范，我要向上司为你请功。"

关峻山摆摆手："不要为我请功，我知情而不早报案，是有罪的。"

刘锴处长反剪双手，来回踱步，思索着。突然，他问关峻山："你真能做到大义灭亲？"关峻山坚定地点点头。刘锴说："这芭拉虽远在泰国，但祸及香港。我们设一个陷阱，诱她上当。""什么陷阱？""你再到泰国去一趟，想办法骗芭拉同贩毒船一道来香港，到时来个人赃并获。"

关峻山沉思了一下，在他上司前立下了誓言。

"你先回去准备一个方案，我们把其中细节再斟酌推敲，以保万无一失。"刘锴处长临别时再三叮嘱关峻山，"这事除了我以外，你不能再跟第二个人讲，以免走漏风声。"

关峻山知道警界铁般纪律，便保证道："处长放心，我定会严守机密!"

关峻山回到曼谷时,芭拉的庭园秋色正深,一片片曼陀罗花已残衰了,黄叶断蒂,风吹离枝,萧瑟凄凉。

关峻山来到二楼卧室,芭拉正坐在藤椅上用钩针钩织着一条白色的毛线围巾。那图案上卵圆形的互生叶,漏斗状的花冠,关峻山看出这是芭拉最喜欢的曼陀罗花,问道:"钩这干什么?""天气凉了,给你织的。""织得那么辛苦,花点钱去商店买一条不也可以了?""用钱去商店买,怎及这一针一线的情意呢?"芭拉抬起头答道。

这时,关峻山发现芭拉头发蓬松凌乱,眼睛失去了往日柔润闪亮的光泽,瞳仁旁有几条红丝,眼睑有点浮肿。"呵,你哭过?"芭拉的鼻翼抽搐了几下,嘤嘤而哭了。"什么事,究竟发生了什么事?"关峻山关切地问。好一会,芭拉才仰起头,抹去眼泪:"我父亲近日脑疼难挨,到医院检查,医生说他得了脑神经末梢癌。"

"啊!"关峻山想不到节外生枝,忙问,"有救治希望吗?""医生说,慢慢挨下去,还有两年光景。"关峻山当即叫芭拉带他去看望老人。

老人斜倚在床上,上面盖了薄棉被,正在看印度的《罗摩衍那经》。他一向慈蔼的脸庞变得愁苦,略带黄的眼珠布满了血丝。他撑起了身子:"峻山,你的休假期定在下个月,怎么就来了?""这次兼有公差。"关峻山撒了个谎。

老人开门见山道:"峻山,你不要再回香港了。""为什么?""我将不久于人世了。留下这么大笔财产,叫芭拉一个女子怎料理?""是呀,这样我们夫妻就不用再分离了。"芭拉眼睛倾泻出热切的期望。

"不!不!"关峻山摇了摇手,"我这次是双程签证。"芭拉紧答:"我找泰国移民局,在一天内可把全部手续办妥。"

"除了这个问题外,我还不习惯泰国生活,长居下去,水土不服呀!"关峻山倒机灵,马上就找出新的托词来。

"你!"芭拉把嘴一撇,生气了。倒是老人气量宽宏:"芭拉,他不愿意,你就不要再勉强他了。人各有志嘛!"

关峻山感到老人给他一块退下来的垫脚石,就搭上一句:"况且,这些事情我还要回香港与我父亲商量,才能作最后决定。"老人听后说:"是呵,尽孝之心是你们中国人的美德。"关峻山趁机就把编好的话对芭拉说:"下星期六是我父亲六十大寿的大喜日子,我想叫你一同到香港去祝寿。"这是他与刘锴处长合谋设置的陷阱的第一步。芭拉侧头问道:"我一定要去吗?""按我们广东人的惯例,这天媳妇一定要在场的。"芭拉还在犹豫时,老人说:"你就不必再犹豫了,去吧!记住,得送点好礼物,以尽一个儿媳的孝道。"芭拉咬着嘴唇点点头:"阿爸,你放心,我会把事情办得妥妥当当的。"

第二天傍晚,沉沉暮云压在海天那一端,带着寒意的海风把"暹罗七号"上的泰国国旗吹得猎猎作响。关峻山与芭拉伫立在船头,水手汇报说,榴梿可乐与船底毒品已装好。

启航的汽笛划破了寂寥的海空,水手们把船锚绞了起来。关峻山的心情十分沉重,让陷入陷阱的芭拉远走高飞吧?但她还会像女妖一样危害社会。理智和情感又一次短兵相接,最后还是正义感占了上风。

忽然,一辆的士驶进了码头,钻出一位体态略胖的中年修女。她一上船就气咻咻说:"联合国慈善机构来电,非洲发生特大旱灾和蝗灾,要我们泰国慈善家协会火速募捐五百万美元。"说着,她从皮夹里取出一份东西,"这是慈善协会拟定的'夫妻合力救灾民'募捐书,今天正巧,你们夫妻先带个头。"

这时,暮霭低垂,光线黯弱。芭拉拿起签字笔,稍一犹豫,说道:"我们每人捐五万美元吧!"草草在募捐书上签了名。关峻山也草草在芭拉名下签了字。

修女又道:"泰国慈善家协会明天要开紧急理事会,准备分片包干进行募捐。"

芭拉带歉意地说:"你代我向理事会请假吧!"修女猛地摇头:"隆美主席讲过,一律不准请假,况且,你是曼谷片首席代表,责任最大,任务最重。如果你缺席,曼谷片的募捐谁来负责呀?"修女的话是那么铁定,容不得半点讨价还价。

芭拉蹙起眉峰,沉思了好一会,才说:"峻山,你先跟这货船回香港去,我开完紧急会议,布置好任务就乘飞机到香港。到时我到葵涌码头接你,搞妥货物的交割手续。"

事到如今,已不容关峻山对此作出同意不同意的决定了。

海上的夜风,有点寒意。芭拉从皮箱中取出那条有曼陀罗花图案的围巾递给关峻山:"晚上,海风刺人肌骨,你上甲板走动要围上它,免受风寒。"

关峻山捋着围巾,叮嘱道:"记住,到时一定到葵涌码头接我。"

"放心吧!我会做的!"芭拉说完在关峻山脸颊轻轻一吻,与修女走下了舷梯。

"暹罗七号"徐徐离开了码头。目送着货轮消失在暮色的烟水苍茫之间,芭拉鼻子一酸,"扑通"一声,双膝跪在地上,捶着胸膛,歇斯底里地痛哭起来。

风 流 未 了 情

飘扬着红、白、蓝三色泰国国旗的"暹罗七号"货轮,几天之后,驶到了香港葵涌。

荷枪实弹的警察在码头上一字排开。刘锴处长带着几个随员登上了甲板。关峻山习惯地向他行了一个警礼。

刘锴处长把他单独叫至一旁:"芭拉呢?"

"她没随船而来。"关峻山把情况简单扼要地向刘锴处长作了汇报。刘锴担心问道:"会不会走漏了风声,她临行时借故溜之大吉呢?"

"不会!这陷阱只有你我两人知道。我到泰国后一言一语都十分谨慎。"关峻山拍着胸口,十分自信。

刘锴处长点了点头,到那边下达命令:"蛙人下水!"

"是!"四名警员迅速穿好蛙人服,接二连三跳进水里。约摸半小时,船底暗舱的海洛因全部起上来了,共三十多包,约二十多公斤。

刘锴处长拍拍关峻山肩膀,小声称赞道:"这次你立了大功,应当场给你以奖赏。"随后下达命令:"全体集合!"警员一字排好,刘锴处长再次清了清嗓子,突然脸色一沉,吆喝道:"抓起来!"他身后的警员把早准备好的手铐"咔嚓"铐在关峻山的手上。

关峻山被这突然袭击弄懵了,挣扎着:"刘处长,这是怎么回事?"

刘锴处长冷若冰霜:"你身为警官,倚功恃权,明为查案,暗中贩毒。如今人证俱获,不容狡辩!"

"冤枉呀!"关峻山大声抗辩,"这些毒品是芭拉的,她一会就会到码头上来的。"

"梦想!芭拉不会来了!"刘锴处长的声音带有几分严厉。

关峻山用脚跺着甲板:"处长,你怎么忘了,这是你和我共同设置的陷阱呀!"

"胡说!谁曾跟你设置过陷阱?警方办案只重人证物证!"刘锴处长的眼睛放射出阴鸷狠毒的冷光。

刘锴反目不认账,关峻山怒火满脸,骂道:"你出尔反尔,有意陷害,卑鄙!"

刘锴处长恼怒地把手一挥:"押走!"随员就把关峻山推搡下船,塞进早已准备好的囚车中。

车轮飞转,关峻山的思路像两旁景物一样快速倒退着,心中闪过一道寒光:这刘锴处长肯定与鼬鼠沆瀣一气。自己以为与刘锴定计设置陷阱,其实自己却跌进了刘锴与芭拉合谋设置的陷阱之中。

法庭上,关峻山据理力争。但在原告席上正襟危坐的刘锴处长矢口否认:从未私下与关峻山订过任何计策,这回捕获关峻山全靠线人提供的情报。

这确苦了关峻山,当日设计之时没有第二人在场,如今,在人证物证面前一切申辩都是徒劳的。他曾指出刘锴可能会与芭拉贩毒集团相勾结,但却引来哄堂大笑,律师批驳他是"反咬一口,含血喷人"。

二审之前,法庭收到寄自泰国的影印件:这是芭拉和关峻山早已签了名的离婚申请书。芭拉申述理由:关峻山私营贩毒,夫妻不和而致破裂。关峻山看到自己的笔迹,记起这是当时在夫妻募捐书上签的名。唉,他们反设的陷阱多么巧妙,多么毒辣!

铁窗里,刘锴处长派人送来了芭拉织的白围巾。关峻山看着那曼陀罗花的图案,耳边响起曾经与芭拉的一席对话:"我最喜欢白曼陀罗花,它是那么纯美!那么圣洁!""我不喜欢它,它有毒!""有毒并不可怕,你不去惹它,它是不会毒你的。"

几番审判,铁证如山,香港缉毒总署历来法纪严明,对贩毒深恶痛绝,更不容许自己的高级警官带头走私贩毒。关峻山知法犯法,罪加一等,法院终审判决为绞刑。

身陷囹圄的关峻山满脸胡碴。他没有哭声,没有眼泪,也没有上诉。对于求生,他早已心如槁木了。此时,他只有一个要求:行刑时,让他围上那条有曼陀罗花图案的白围巾。警方出于人道主义的精神,同意了他的最后请求。

在泰国曼谷,芭拉接到刘锴处长化名打来的电报:"山面搬掉!"她悲痛地惨叫一声,眼前一片漆黑,晕厥在地上。

此后,芭拉的贩毒并没有停止,而变换了手法:把海洛因溶解在榴梿可乐中,在厂里封好,混进一般产品里,运到香港,再浓缩成晶体析出……

第二年清明时节,霏霏细雨挟着几分寒意向人们兜头兜脑扑来,吐着绿芽的柳丝在冷雨中颤栗抖动着。

关峻海与父亲携着祭品,来到关峻山坟前。奇怪,坟前已插有两行香烛,红烛流着蜡泪,在雨丝中挣扎燃着点点火焰;炷香,摇曳着缕缕如丝的轻烟,任由寒风吹散。在墓碑上方,摆着一个用白色曼陀罗花编织成的小花圈,花瓣上水珠晶莹,仍沁出几分幽香。花圈上系着挽联,上面写着:关峻山先生千古。落款是:爱妻芭拉痛挽。

"呵,她来过!"关峻海向父亲说。他俩环看四周,只见在远方,一个孤零零的身影正踏着衰草败叶踽踽而行。那白色的小背包,白色的高跟鞋,素白如雪的连衣裙,是多么的熟悉! 冷风,掀拂着她薄薄的裙裾,仿佛在哀婉凄迷地泣诉着什么。

一个白色的背影,带着沉沉的爱,也带着绵绵的恨,在萧瑟的寒风伴送下,在烟雨迷濛的天幕上逐渐消失了,消失了……

(何初树)

佛门霸王花

一个贪得无厌的人从本性上就从不考虑什么后果。

佛门霸王花

尼 姑 刑 警

曾经荣获"孤胆英雄"称号的特警队员吕凯明接到省公安厅通知,同时又接到老上级、老搭档、现任省公安厅刑侦处长江俊峰的"鸡毛信",要他马上到省厅去,协同侦破一宗团伙贩毒案件。公安厅的紧急调集令,说明了案情重大;"江头"亲笔来信,说明了案子很不寻常。正在靶场练枪的吕凯明就像喝了三瓶九江双蒸,浑身发热,极度兴奋,只听他一声长啸,一梭子弹便喷出枪膛,九子连环,把远处的人头靶打出了一窝弹洞。

吕凯明最怕到省城去,他说那里连天上下的雨都是酸的,如果不是虎符调将让他来,他宁可到农村去闻大粪的臭味。然而,不管吕凯明愿意不愿意,火车已经把他拉到了省城车站,江俊峰的小车已经在恭候他了。

吕凯明故意摆摆架子,让老上级、老搭档下车接将。小车门打开了,吕凯明又故意整理风纪,把脑袋抬上天。他心里想:杀杀你的威风,看你还敢不敢随随便便把老伙计弄到这混沌世界里来!

"吕凯明同志,请上车吧。"他一听,不是江俊峰那破锣似的声音,而是个像春天的燕子唱歌一样娇脆的声音。吕凯明一愣,忙把脑袋放平,眼睛瞪大一看,站在他眼前的竟是一位俏丽的女刑警。

吕凯明一时不知怎么说,只是张了张口:"啊,你⋯⋯你⋯⋯"

女刑警说:"是江处长让我来接你的,请上车吧。"

吕凯明上了车,脑子却像汽车轮子一样高速运转起来:这小姑娘我好像见过,肯定见过⋯⋯在哪儿见过呢?吕凯明一时想不起来,于是开口问道:"小同行,你贵姓?"

女刑警十分爽快地回答:"释惠净。"姓释,释迦牟尼的释?惠净,这不是尼姑用的名字么!一想到尼姑,吕凯明顿时开了茅塞,想起了一段颇为传奇的往事。他脱口而出:"你是那个小⋯⋯"但话到嘴边,他马上住了口。

吕凯明不敢说,可释惠净却脸上带着笑意,说道:"尼姑,嘻嘻,你终于认出我来了。"

人家"招供"了,吕凯朋疑惑却多了,他真想揭开女刑警的大盖帽,看看帽子里面是不是原先那个小光头。一颗好奇的心诱出了一串问话:"你是怎么给老江抓来的?你师父让你下山?让你还俗?"

"我⋯⋯"释惠净突然脸上晴转多云,那双明丽的眼睛骤然暗淡,两颗水晶似的泪珠盈盈欲滴。

吕凯明见了,心想:这哪儿像个公安战士,十足是林黛玉她妹妹嘛!他不由叹了一口气。

这会儿司机大头均开口了:"'老枪',你说点别的吧,老江约法三章,谁也不许提起小释的师父。"

不许提起?吕凯明用眼角余光扫了一下释惠净,见她已经平静下来了。他想说点别的,可不知道说什么。他心里说:昨天佛坛前焚香念经的小尼姑,今天能胜任为民除害的霸王花?

绝 招 惩 顽

急召吕凯明回省城,是因为发现一个牵连缅、泰、港、澳,带黑社会性质的贩毒集团,在省城活动十分猖獗,他们七男一女,号称"七星伴月",配备有清一色七支国产五四式手枪,据说还有其他轻重火器。头儿是个女贼,叫江水娇。名字柔弱却武功高强,一般出手不用枪械,只凭武艺,为了预防万一,才带一支美国最新式的 COP 袖珍手枪防身。据说她是香港一个黑道枭雄的女儿,也有传说是干女儿兼情妇。江水娇和江俊峰"同姓三分亲",所以一进城就引起江俊峰的特殊关照,把外号老枪的吕凯明也调过来当"接待员"。

老枪吕凯明和江俊峰虽是上下级,可从来都是没大没小、嬉皮笑脸的。江俊峰了解他,有时也和他打打闹闹,没上没下,没大没小惯了,可这一次却不一样,两人见面后,无论吕凯明怎么耍花枪,江俊峰都是黑着脸孔喝着黑咖啡,直到吕凯明像入党宣誓那样庄严肃穆地作了保证,江俊峰才根据案情的进展下达任务。侦查小分队就四个人,分两个小组,并通告了省内各分局,随时抽调人力协助这两个小组的侦破工作。江俊峰让大头均跟着,把释惠净分给了吕凯明。吕凯明不由心中叫苦:"老枪"挂上

"水蜜桃",一碰便伤,一擦就破,怎么进行侦查,万一冤家路窄面对面生死搏斗,谁照顾得了她?

就在他肚里犯嘀咕时,释惠净却主动来请示了:"老枪,我们怎样行动?"

"哈!"吕凯明的笑声从丹田一直滚到嘴里,硬是用牙齿咬住不让喷发出来,心想:这小尼姑也叫我老枪!也难怪,释惠净没了解吕凯明这外号的来由,除了他的枪法特准之外,还因为他已是二十七爬向二十八的大男人了,还是一杆光棍儿老枪。

"怎么行动?"吕凯明故意一本正经地说,"脱掉你这身老虎皮,穿得漂亮一点儿,我们手勾着手逛马路去。"

释惠净羞得俏脸红了,但还是回宿舍乔装打扮。吕凯明看着她那婀娜娉婷的身影,想起了认识她的那段往事来。

那是三年以前的事了,为了一宗抢劫杀人案,吕凯明跟随江俊峰来到依山环水的江城,这里地处粤西山区,经济起步较迟,比之珠江三角洲落后了好几年,但是由于资源丰富,政策对头,后劲很足。不少有眼光的外商纷至沓来,使江城张开了腾飞的翅膀。

经济迅猛发展,外来人口随之急剧增加,打工仔、打工妹自然占了绝大多数。专家、学者、工程师这些能人谋士,在报章上可以看见报道,而弹棉花、玩蛇卖药之辈不用新闻媒体费神,自个在街头巷尾就做起活广告来了。吕凯明新来乍到,感到新鲜的是,在这个不大的城市街头,竟然还看见三五成群的青年尼姑。

大概因为她们是"跳出三界外"的女性,对俗世中人也就很有一种神秘的感觉。向来僧尼云游、化缘都是单独行动的。在改革开放的今天,竟然也有了集体化缘,真有点不可想象。

街头上几个尼姑拿着一本硬皮抄当作化缘本,追逐街上行人化缘,还拿出一些粗糙的工艺品来兜售,已经失去了尼姑的恬静与庄重,虽然没见她们也进入歌舞厅去卡拉 OK,但就凭这些也真是开放得够可以了。吕凯明看得直摇头,江俊峰却笑呵呵地说:"她们正当青春妙龄,从晨钟暮鼓中闯进这个花花绿绿的世界,你就不允许她们对这日趋新奇的尘世也产生一点新奇?"

"不是不允许,而是不敢相信。"吕凯明笑着说,"就像看到了冒牌货一样。"

就在这个时候,只见一个小尼姑迎面而来,灰衣、布袜、青屐遮不住她那婀娜的体态,长衫阔袖更衬托出她那娉婷的身姿,没有头发覆盖的鹅蛋脸儿惊人的秀美,庄重的神态,恬静的目光,透溢出出家人心底的安详,这种飘飘欲仙的风骨神韵,吸引着每一个行人的目光,也使刚刚说完冒牌货的吕凯明心里好一阵后悔。

人们投送过去的目光大多是友善的,甚至还带着几分虔诚,然而其中也难免夹杂一些轻佻与邪恶。江俊峰突然用胳膊碰了一下吕凯明,鬼灵精的吕凯明其实也注意到了,在那小尼姑的身后,有几对贼溜溜的目光盯着小尼姑手上拿着的化缘的布袋子。

转上一条僻静的横街,小尼姑似乎发觉有人不怀好意,便加快了脚步,可惜已经迟了,歹徒们"呼啦"一声围上去,跑在前头的瘦长个子一手把小尼姑的布袋抢了过去。小尼姑没有惊惶,只显出一点无奈,像在庵堂里做功课一样,念了一句:"阿弥陀佛,罪过,罪过……"

歹徒们哄笑起来,他们嬉皮涎脸、指手画脚,说着下流话,有人还伸手要摸小尼姑的光头。小尼姑后退着,张望着,祈望有善男信女来给她主持公道。

吕凯明愤怒了,纵身扑上去,却给江俊峰一把抓了回来。就在这个时候出了怪事:只见那两个下流的歹徒好像被人狠狠推了一下,踉踉跄跄倒退了五六步远,差点儿跌倒在地上。歹徒们很奇怪,四下看看,没有人啊?于是"呼啦"一声又围了上去,还掏出了匕首。小尼姑白皙的脸上泛起了红晕,现出了怒色,只见她轻舒双臂,衣袂飘扬,似有一股力道笼罩周围,歹徒们乱叫乱嚷,胡冲愣闯,就是近不了她的身。忽然间,那小尼姑挫身展袖,肥宽的袍袖向前拂去,真像变魔术一样,眨眼工夫,两名歹徒的匕首就落到了小尼姑的手中,连一向沉得住气的江俊峰也脱口叫了一声:"好身手!"

这个小尼姑就是现在的释惠净。

吕凯明想:难道江俊峰就是看中了释惠净那两下白手夺刃的功夫,才让她脱下袈裟换上警服的么?可这几下花花架式对付流氓小偷游刃有余,可是要对付黑社会大毒枭,恐怕就……

就在吕凯明沉思间,释惠净已经换好衣服站到他面前,说:"老枪,你叫我换衣服,自己怎么没换呀?"

吕凯明闻声抬头,只见释惠净上穿宽松的无领 T 恤衫,下着时髦的裙裤,脚套一双高级耐克鞋,瀑布一样的乌黑长发披肩,浑身上下透溢出青春朝气,整个儿显现出南大门俏姑娘的那种新潮味儿。吕凯明脑子里的那个小尼姑,无论如何也难以和眼前的新潮女重合起来。

浴 场 治 匪

吕凯明和释惠净逛了几天马路,终于把江水娇和她那一窝毒贩盯住了。这天,吕凯明和释惠净见江水娇一伙从华侨大酒店出来,把人马分成两拨,四个人挤上一辆出租车向市中心驶去,江水娇和姑爷仔蔡明、黑猫仇家利上了一辆小皇冠。吕凯明当机立断,抓大放小,和释惠净要了一辆出租车,咬住了江水娇的小皇冠。

小皇冠不拐弯,不兜圈,毫无防范地直朝着海滨浴场驶去。按照已经掌握的情报,江水娇今天要和一个叫胜记的内地贩毒头子接头,接头的地点是不是海滨浴场,就不得而知了。

正处在争秋夺暑的季节,海滨浴场里游泳的、晒太阳的不下千余人,红红绿绿的遮阳伞下,坐满了穿着各种款式泳衣的男男女女、老老少少。由于是初期开发,浴场的设施还十分简陋,金沙滩的背后,还是一片等待开发的荒芜地。附近的渔民还不懂得向游客做生意,只是让小孩子们拿着一串串用贝壳串起来的、粗糙却是拙朴可爱的工艺品,像鱼儿似的游来游去,向游客兜售。还有就是一些失去劳动力的老人,摆着小摊售卖新鲜椰子和干鲜海产。

江水娇一行三人到了浴场,姑爷仔蔡明去租遮阳伞和躺椅,江水娇和黑猫仇家利好像一对夫妻,这儿走走,那儿看看,不厌其烦地和卖贝壳的孩子讲价,和卖椰子的老人聊天,丝毫没有要和谁接头的迹象。吕凯明也租了遮阳伞和躺椅,选了一个比较合适监控的位置,靠在一对带小女孩的年轻夫妇身边,和六七岁的小女孩一起堆沙子玩。

天气酷热,人们大多到海水里游泳、戏耍。江水娇也下水了,这个四十出头、风韵犹存的女人,没有穿时下已经开始流行的比基尼三点泳装,而是穿着一件老式的紫红泳衣,还戴上一顶同样颜色的泳帽。在浴场里,这种款式和颜色的泳装很少,目标十分明显,监视起来方便。释惠净还没学会游泳,只能在海边玩水,监视着一身紫色的江水娇。因为太漂亮了,释惠净那姣好修长的体态也惹来了不少猎艳的目光。吕凯明见了不由轻轻叹了一口气:"当刑警,太艳丽了也是一个麻烦。"

两个多小时过去了,太阳滑落到远处的山顶。江水娇他们还是玩完沙泡水、泡完水玩沙,在水里,在沙滩上,都没有跟陌生人接触,好像是专门来避暑消闲的,一副心底无事天地宽的样子,等得吕凯明眼里冒火,心里烦躁,恨不得拿根绳索把他们捆起来带走。释惠净却沉得住气,和小女孩堆沙塔,一派天真无邪的样子,只是当吕凯明拿烟抽的时候,瞪一眼表示不满和抗议。吕凯明明知故犯,心里想:你小尼姑在庵堂里不也一样,一天到晚在腾腾烟雾里熏?美人瞪眼也漂亮,吕凯明故意逗释惠净,仰头吐起烟圈圈来。

忽然,释惠净捅了一下吕凯明的胳膊:"他们走了。"

吕凯明也注意到了,不过走的只是姑爷仔和黑猫,江水娇还躺在躺椅上睡觉,慢悠悠地说:"头儿没动,可能是去买饮料,不要理他们。"

释惠净着急道:"他们衣服都换了,不像去买饮料,根据他们的习惯,头儿很少去接头,都是由蔡明和黑猫去做,你不要大意失荆州!"

吕凯明觉得释惠净说得有道理,便让她看着江水娇,自己去跟踪姑爷仔和黑猫。吕凯明见姑爷仔蔡明没走多远,正在那儿和那些卖贝壳的女孩,追逐逗着玩,不时说一两句下流话,让那些不谙世事的小姑娘捂着嘴巴笑。而黑猫仇家利却不见了。吕凯明觉得姑爷仔的举动是做给自己看的,他立即明白了,这次的跟踪已经引起了对手的怀疑。

吕凯明知道这个姑爷仔蔡明人头猪脑,除了打架就是勾引女人,没有其他本事,他决定放过蔡明,继续寻找黑猫。但黑猫仇家利却像从地球上消失一样,连个鞋印都没有留下。吕凯明转回浴场,发现躺椅上的江水娇也不见了。只见释惠净正瞪大双眼,搜索着无际的海面。这时已经黄昏日落,游泳的人已经很少很少了。

吕凯明急切地问:"人呢?"

"下海游泳了……"释惠净有点紧张地说,"她扎到水底好久了,会不会……"

宽阔的海面上找不到戴紫色泳帽的人。吕凯明知道江水娇水性好,在这浅海滩里是绝不会出事的,只要她还在水里,就不可能溜掉。他正想安慰释惠净几句，忽然看见一团紫色的东西随着潮水冲上海滩，他连忙拉着释惠净走过去一看，冲上海滩的正是江水娇穿的那种紫色泳衣。吕凯明明白了，江水娇这只狡猾的狐狸穿了两套泳衣，耍了个金蝉脱壳之计，在释惠净的眼皮底下溜走了。

眼看这次跟踪要失败了，却见姑爷仔蔡明走了转来，收拾江水娇遗留下来的东西，向着椰树林里走去。吕凯明向释惠净丢个眼色，便悄悄跟在姑爷仔的后面。

蔡明穿过僻静的椰树林，来到一条废弃了的公路上。在公路的对面，江水娇正倚在一棵椰树底下，悠闲地玩弄着手上那支美制 COP 袖珍手枪，对向她走来的蔡明说道："姑爷仔，你真大意呀，给人盯上了都不知道。"

吕凯明知道自己暴露了，连忙伸手掏枪。却听得身后一声粗斥："别动，动就让你脑袋开花。"随着声音，黑猫仇家利已经走了过来，把吕凯明的手枪缴了过去。

枪虽被缴了，但吕凯明知道这里离新修的公路不远，毒贩们可能不敢胡来，只要他们不敢开枪，凭自己一身武艺，对付这几个亡命之徒还是有把握的。释惠净能够一个人打退几个小流氓，保护自己估计也没有大问题。吕凯明分析了眼前形势，便故意哈哈大笑起来，他对江水娇说："想开枪吗？开呀，试试你的枪法有没有准头。"

吕凯明话没落音，江水娇便回报了一声冷笑，只听"啪"的一声，子弹擦着吕凯明的耳朵飞射过来。吕凯明低估了毒枭们的狡猾与凶残，后悔已经太迟了。江水娇的小手枪装上了消音器，百米之外就听不到声音了。黑猫从吕凯明身上搜出了一副拇指铐，随即把吕凯明铐了起来。释惠净没有被铐也没有被捆绑，但是，姑爷仔蔡明那一双淫邪的眼睛在她身上溜来溜去，让这个曾经"跳出三界外，不在五行中"的姑娘感到特别的恶心。

江水娇水蛇似的扭了过来。这个风韵犹存的半老徐娘,年轻时也曾经娇艳鲜嫩,引蝶招蜂,如今四十出了头,春心却未老,经常会做出些风流事情来,她自己有一个少为人知的忌讳,不愿意跟青春少女站在一起。此刻,她正洋洋得意,要向吕凯明耍耍威风的时候,一眼看见站在吕凯明身后的释惠净,立刻被这位女公安的美丽惊呆了,端详了好久才吐出话来:"没想到,这样的靓女也当了警察,哎哟,就这样死在我的枪口下,实在太可惜了!"说着抬手托起释惠净的下巴,似乎在观赏一件精美的工艺品。

释惠净推开江水娇的手,她垂眉敛目,不惊不惶,庄重的神情,恬静的心境,又显露出了当尼姑时候的风骨神韵,这恰恰又是江水娇最不愿意看到、最难以容忍的。一个歹毒的主意变成了咭咭的邪笑,她对两个垂涎三尺的匪徒说:"黑猫,姑爷仔,你们帮我出了力,劳苦功高,这靓女就算我慰劳你们吧。走远一点呀,别让这位先生吃醋。"

"你无耻!"吕凯明吼叫着,举起被铐着的双手向江水娇砸去,哪知紧握的拳头没砸到对方,却突然变得没有力气,一阵钻心的剧痛使他失去了重心,倒在地上。吕凯明又一次低估了对手,没想到徐娘半老的江水娇出手如此快捷,对吕凯明这样的男子汉来说,肉体的疼痛算不了什么,心灵上的疼痛却无法忍受,他痛恨自己不能保护好释惠净,也埋怨此时释惠净面对丧心病狂的凶徒竟然不骂不叫,不抗不争。他挣扎着站起来,要与江水娇作拼死的一搏,他不能容忍江水娇的邪恶与凶残。

就在这个时候,姑爷仔蔡明跌跌撞撞地跑了回来,哭丧着脸,张着大嘴巴,却说不出话来。江水娇知道出了意外,厉声喝问:"出什么事了,快说!"

姑爷仔蔡明捂着肚子叫了半天痛,才断断续续说出了原因:"黑、黑猫给、给抓、抓住了……"

江水娇一听慌了:"什么,你们碰上了公安?"

"是、是那靓女……"姑爷仔还没缓过气来,"她、她要用黑猫换回她的人……"

"换他?"江水娇举起小手枪对着吕凯明,"我先把他宰了!"

"别、别、别开枪,"姑爷仔蔡明挡在吕凯明面前,求饶似的对江水娇说,"你杀、杀了他,黑猫也活不成。没有黑猫,我们要回香港,恐、恐怕……"

江水娇无可奈何又心有不甘,恨恨地对姑爷仔蔡明说:"那就换吧,让那靓女过来,我看看她是不是长了三头六臂!"

话音没落,释惠净已经押着黑猫过来了,她双手握着两支枪,一支是黑猫的,一支是刚才被黑猫缴了的吕凯明的。在距离江水娇三十米左右的地方,释惠净站住了,她对江水娇说:"就在这里交换吧。"说话的声音还是那么平静,显不出一点威严。

吕凯明与黑猫按照换人的规矩,同时起步,向自己一方走去。吕凯明一边走,一边已经掏出钢丝,把拇指铐弄开了,他在想着如何抓住这几个气焰嚣张的罪犯。就在这个时候,一辆黑色皇冠疾驰而至,直驶到江水娇他们跟前,车没停稳,车门便打开了。江水娇他们三个人立即钻了进去。吕凯明迅速从释惠净手上把自己那支枪拿过来,瞄准汽车的后轮胎扣动了枪机。谁知"砰"一声脆响,子弹却飞到天上去了,眼看着小皇冠的尾部喷出一阵浓烟,眨眼间蹿出了椰树林子,绝尘而去。

原来是释惠净把吕凯明握枪的手托高了。吕凯明把对江水娇那一腔怒火都发到刚刚救了自己的同伴身上:"你救苦救难?你大慈大悲?让罪犯逃走,是公安战士的失职,故意放走罪犯,那后果就更严重了,你懂不懂?"

面对同伴的吼叫,释惠净还是那么平静,她拿出手提电话交给吕凯明,很轻松地说:"他们是跑不掉的。"

看到手提电话,吕凯明明白了。这手提电话是吕凯明的,被黑猫搜身时搜了去,又让释惠净在抓黑猫的时候夺了回来。一定是江俊峰有了新的部署。他立即拨通了江俊峰的电话,话筒里马上传来老江的声音:"老枪,沉住气呀,我们不是要抓几个,要抓一窝呀!"

比 武 道 情

吕凯明和释惠净暴露了身份,不能再担任跟踪侦查工作了,江俊峰让他们坐镇南区,指挥南区的特警小分队。南区是内地贩毒集团胜记经常活动的地方,也包括海滨浴场在内。按常规来说,毒枭们在这个区出了事,就会马上停止在这个区的活动,而对江水娇这样的黑社会人物,会不会遵循这个常规,就很难说了。江俊峰让吕凯明和释惠净隐蔽起来,是要和江水娇打一场心理战,引对手犯常规性的错误。吕凯明是个一刻也闲不了的人,他不敢违抗江俊峰的命令,却把"出不去"的原因都归在释惠净身上:人长得太漂亮就不能当特警,一上街就招来百分之百的"回头率",这不等于在对手面前卖广告,自动亮相了么?

南区特警小分队十二个人,被江俊峰调走了八个,剩下四个都是响当当的汉子:黄飞和周华分别荣获中南六省区公安系统武术技击竞赛冠、亚军;还有二李,大李是省城第八届武术大赛第一名,小李是第三名。可谁知这些英雄豪杰见了释惠净,都分外恭敬,一个个围着她叫教练,称老师,倒是把吕凯明这杆老枪冷落在了一边。吕凯明心里老大不服气:这小尼姑到底有多大的能耐?

四条汉子中间,黄飞最精灵,所以得了个"鬼马黄飞"的绰号,他看出了吕凯明不服气,便提出让二位高手比试比试,对上一阵。周华和二李也都是不安分的人,一哄而上,先给吕凯明戴上几顶高帽子,把个吕凯明捧得三分高兴七分技痒。释惠净却不是那么好搬弄的,任四条汉子说得口舌生花,仍然我行我素,一副与世无争、面对青灯黄卷的样子。

释惠净愈是退让，吕凯明愈是手痒，他想：这小尼姑在江城打的只是几个小流氓，昨天在椰树林临危制敌，自己又没看见。作为指挥员，也应该知道自己的兵将有多大的本事。他决定不宣而战，来个突然袭击。意念与行动几乎是出于同时，吕凯明暗运内功，力透二指，突然一声断喝，直向释惠净双眸插去。没想到一招使出，却扑了个空，眼前明明站着个大活人，转眼之间却无影无踪了。

释惠净和吕凯明合作了两天，对这位"孤胆英雄"也有了一些了解，她知道吕凯明对自己有看法，有一种大男子汉对小女子的成见，但她一直隐忍着，任由吕凯明去表现自我。虽然自己由于经验不足，让江水娇在眼皮底下"金蝉脱壳"，但如果不是吕凯明的自恃与莽撞，也不会出现椰树林子那一场较量。对付大毒枭江水娇是一场硬仗，互相了解、通力合作是取胜的关键，我何不利用比武，和这位大男子汉沟通沟通？

心里有了主意，释惠净便做好了准备。吕凯明一出手，她便以轻灵快捷的步法避过进攻，转到吕凯明的背后，"静若处子，动如脱兔"，以快捷制刚劲，伸出双掌，"推窗送月"，向吕凯明背后拍去。她用了五成功力，旨在试一试吕凯明的反应如何。

好一个吕凯明，不愧有孤胆英雄的称号，他忽然觉得背后有劲风袭来，却临危不乱，收招换式，错步旋身，险险避过释惠净反袭的双掌。见对手有如此快捷的身手，吕凯明不敢再大意轻敌，拆招、进招，一个"横扫千军"金钢铁腿直向释惠净横扫过去。只可惜又扫了一个空，眨眼之间就不见了释惠净的踪影。

一个沉雄刚厉，一个快捷轻灵，就像大黑熊与小猕猴斗法，吕凯明招招强劲，式式凌厉，接二连三发起攻击，可是却难以捕捉到对方闪展腾挪、游移不定的身影，大擒拿，小擒拿，擒拿到的只是一个影子。释惠净分明是采取守势，轻灵敏捷地避过吕凯明一次又一次的强攻，却又出其不意地突然偷袭，让吕凯明防不胜防。就在吕凯明一招用老、不及回防的时候，释惠净单掌如风，"流星赶月"，不失时机斜挥而下。吕凯明只觉得一阵麻刺刺的感觉，虽然不见疼痛，双足已经虚浮，站立不稳。就在吕凯明向后倒下的时候，又只见释惠净身形一晃，转过背后，轻轻地扶了一把，吕凯明于是便站稳了脚跟，没有倒在地上。这眨眼之间的一击一扶，围观的四条汉子看不出来，吕凯明却是心里明白。

交手百多回合，吕凯明竟然看不出释惠净的功夫出处，仔细回味她的一招一式，并不觉得新鲜独到，却总是感到有点与众不同，不奇而奇，奇又不奇。吕凯明捉摸不透，心中不由生出要寻根究底的好奇心，但又不敢冒失莽撞，怕触及了女儿家的难言之隐。他急得抓耳挠腮，聪明一世，此时竟拿不出一个聪明的办法。

然而世事又总是令人难以预料，就在吕凯明百思难寻一法的时候，释惠净却毫无遮拦地说出了自己的身世。

释惠净是个被父母遗弃的孤儿，是紫云庵的老尼姑从山背里捡回来，收养了她。那时候，释惠净来到人间才三个月，而老尼姑已经九十八岁高龄了。释惠净到了八岁，还不知道老尼姑有惊人的武艺，直到有一天醒得早了，睁开眼睛不见了师父，惺忪着向庵堂后院走去，看见师父一个人在练武，她觉得十分好玩，便也比划着学了起来。没想到手脚一动，就被师父发觉了。

紫云庵里有一条戒律，严禁尼姑们偷看练武，规定从清晨到早课的时间，任何人不得走近后院。释惠净那时候还没削发，不算是比丘尼，这条戒律对她不应该成为约束。但是，平日像老祖母一样慈祥的老师父还是十分恼怒，把释惠净按在地上狠打一阵。可能是打得太重了，也可能是受了惊吓，释惠净一病半个月，从此再不敢到后院的空地去了。

转眼又过去两年,释惠净十岁了,已经一百单八岁的老尼姑突然决定教释惠净武功,而且十分严厉苛刻,扎马站桩,一丝不苟。释惠净记不清哭过多少次,只记得没有一次得到师父的怜悯,而是哭一次就罚多练一次,到了不再哭的时候,就是不知道痛苦的时候了,腿脚也就锻炼出来了。这样风雨无阻、寒暑不歇,一练就是十年,一直到老尼姑一百二十岁圆寂的前一日,释惠净才明白了要她十年卧薪尝胆,刻苦练武的因由……

释惠净还没有把自己的故事说完,江俊峰就下达了出击的命令。吕凯明五辆轻骑六个人,箭似的飞出了南区公安分局,直向南门公路驶去。

姐 妹 拼 搏

原来,江水娇在海滨浴场和内地公安打了一场小小的遭遇战,领教了内地公安的本领,之后,便不敢再在城区内猖狂活动,和内地贩毒分子胜记接头之后,她听从了胜记的建议,把毒品的交接从城区转到城郊,把一个因为污染环境而搬迁废置的小化肥厂作为窝点,又决定把大批量偷运过境改为分散零星偷运。如果让毒贩们把毒品分散,就会给缉毒工作带来许多麻烦,要把贩毒分子一网打尽,也就增加了很多困难。江俊峰果断下达命令,一定要争取在毒贩还没有把毒品化整为零的时候,进行大围捕、大清剿,不让一个贩毒分子逍遥法外,不让一点儿毒品混过关卡。吕凯明的南区小分队离罪犯的巢穴最近,自然成为这场突袭战斗的尖兵。

小化肥厂迁走了,公路也就没人维修,随着岁月推移,三十多公里的柏油路变得坑坑洼洼,已经没有汽车行走,轻骑摩托车在这样的路况下高速奔驰,把人的五脏六腑都要颠了出来。释惠净虽然有惊人本领,也给颠得头晕眼花。吕凯明想把车开慢一点,时间却不容许,毒贩们正在准备逃窜,容不得半点迟缓。

就在这个时候,吕凯明身上的手提电话响了,释惠净强忍着颠簸造成的晕眩,通过对讲机准确地向特警队员们传递信息:"小化肥厂内有毒贩九名,配备有轻型冲锋枪两挺,五四式手枪四支,手榴弹三枚……"

说话之间,目的地到了,五辆轻骑迅速向废弃了的小化肥厂扇形包围上去。突然一阵冲锋枪声响起,毒贩们负隅顽抗,首先开火,子弹散落在轻骑周围,溅起了一阵黄尘。五辆轻骑立即迅速散开,蛇形前进,向小化肥厂迫近。就在吕凯明的轻骑向左急拐的时候,释惠净被翻出了车外,接连翻滚了七八米远,才在一个小土堆前停了下来。吕凯明掉转车头,要把释惠净接上车,毒贩的冲锋枪又响了,子弹都落在那个小土堆上。

"小释!"吕凯明失声惊呼,这一呼喊又招来了歹徒的枪弹,释惠净坐的斗车被子弹打穿了,也把吕凯明的怒火打上来了,他一摆车头,避开密集的扫射,从车斗拿起冲锋枪,进行还击。这时候,黄飞、周华和二李已经逼近小化肥厂,选好地形,向毒贩们发起猛烈攻击。

突然间,一辆皇冠黑色轿车从小化肥厂窜了出来,这正是吕凯明和释惠净在海滨浴场见过的那辆车,毒贩们企图在两挺轻型冲锋枪的掩护下突围。吕凯明哪能让毒贩逃窜,把冲锋枪扔回车斗,发动轻骑追了上去。黄飞紧追几步,纵身跃上吕凯明的车斗。二李让周华也去帮着追截黑色小皇冠,他们估计毒枭和毒品都在这辆小轿车上,不能让罪犯轻易地溜掉。

黑色小皇冠开走,小化肥厂内的火力更猛烈了,二李也加强了火力,里面的两挺轻型冲锋枪对外边的两挺轻型冲锋枪,实力相当。小李打完一梭子弹之后迅速换了一个位置,在大李的掩护下,寻找到毒贩据守的位置,又把一梭子弹送了过去,只听得一声惨叫,一名毒贩中弹身亡,一挺轻型冲锋枪哑了。就在这个时候,三颗手榴弹同时飞了出来,没有准确的目标,却炸起了三团烟尘。在三颗手榴弹爆炸的同时,一辆两排座小货车从小化肥厂冲了出来。

剩下来的毒贩们也想逃走。二李向着小货车一阵扫射,又一名毒贩被击中,从车上摔了下来。小货车加大油门,快速逃窜,二李跃上轻骑,尾随着追了上去。

再说释惠净,虽然在小土堆前险险地避过了敌人的一串串子弹,但她的轻型冲锋枪还在吕凯明的车斗里,身上只有一支五四式小手枪,发挥不了作用,于是只好静候着,注视敌我双方的情势变化。二李发动轻骑追赶小货车的时候,她正要站起来,想会同二李一齐追捕罪犯,猛然发觉小化肥厂又传来发动机声,便立即隐伏下来。

小化肥厂前边是公路的一个三岔口,左边连接国道可通往深圳,右边折回省城南市区,中间穿过乡镇向西北,进入山区。黑色小皇冠走的是左边通往深圳的国道线,双排座小货车走的是中间穿越乡镇往山区的乡道线,和江俊锋估计毒贩们要采取"化整为零、分散潜逃"的策略完全一致。隐藏在小化肥厂内的第三辆车,很可能就会折回南市区潜伏下来,而且这最后的一辆车坐的很有可能是毒贩们的重要人物。释惠净选好地形,伏身不动,继续静候事态的发展。

双排座小货车开走不到十分钟,一辆银灰色的小皇冠从从容容地从小化肥厂开了出来,就像释惠净估计的一样,掉转车头向返回南市区的方向开去。释惠净举枪瞄准,"砰砰砰"一连几个点射,把小轿车的后轮打瘪了,这辆卸掉了车牌的银灰色小皇冠不得不停下来。紧接着,车头右侧的挡风玻璃摇下,一支轻型冲锋枪伸了出来,向着释惠净埋伏的方向就是一阵猛烈的扫射。释惠净待对方打完一梭子弹,抬头看去,见车里使用轻型冲锋枪的是黑猫仇家利,这正好说明毒枭江水娇就在这辆车上。释惠净觉得必须先把江水娇的爪牙除掉，才能抓住江水娇这名毒枭，就在黑猫换弹夹的一瞬间，她果断地举枪瞄准，把黑猫的脑袋打了一个小洞，又"砰砰"两声脆响，坐在司机座位上的姑爷仔蔡明，也伏倒在方向盘上不动了。

后车门打开了，江水娇走了出来，后边还跟着内地的毒贩胜记。在江湖黑道上闯荡半生的江水娇并没有惊慌失措，她向着释惠净隐伏的地方说："你也出来吧，朋友，那么长的时间你都没换上新弹夹，说明你的手枪已经没有子弹了。"

释惠净的子弹确实已经用完了，她把手枪放回枪套，站起来的时候，手心里悄悄握着两颗小卵石。

江水娇意想不到的是，打坏她的汽车，枪杀了她两名悍将的，竟然又是这个漂亮的女公安。她的牙齿咬得"咯咯"响，"嘿嘿"冷笑一声："没想到又是你，我们可真有缘分呀！"

"放下武器投降吧，这是你们的唯一出路！"释惠净发出警告。

江水娇手里没有拿枪，释惠净说的是胜记。她看到站在江水娇身后的胜记，已经把五四式手枪拿了出来，而且趁着江水娇和释惠净说话的机会，举枪就要向释惠净射击。但没容他开枪击发，释惠净右手一摆，两颗卵石疾如流星，一颗击中了胜记握枪的手，一颗端端正正击在胜记的眉心上。胜记一声惨叫，手枪落地，人向江水娇身上倒去。

"好身手！我来领教领教你的本领！"江水娇一手拨开倒向她的胜记，双足一纵便到了释惠净跟前，声到手到，她一掌向释惠净横劈过来，释惠净一个倒后翻，巧若飞燕，不仅避过了江水娇的进攻，一只脚还瞅准江水娇的手腕踢去，迫得江水娇忙把手掌缩了回去。释惠净接着一个回头翻，恢复了原来的姿势，不容江水娇第二招使出，已经一个虎扑双手一伸一缩、一抓一拍，直取江水娇的左肩与前胸，其灵巧快捷，让江水娇暗暗吃惊。

江水娇避过锋芒,倒退几步,站稳身子,开口问道:"你的师父是谁?"

释惠净从容回答:"一个善良的老人!"

"如果我没有说错,"江水娇的声音十分冷冽,"一定是紫云庵的那个老尼姑吧? 这老秃尼坏了自己的誓言,还是收了你这个关门徒弟!"

"这么说,你就是惠如师姐了?"释惠净双眼闪亮,直视着眼前的对手,"师父破格收了我这个徒弟,正是因为出了你这个叛逆! 没想到我们师姐妹这么快就见面了,真得感谢师父她老人家的在天之灵!"

"她死了?"江水娇听说师父已经死了,脸上竟露出了笑容。

释惠净按捺着内心的愤怒,说:"如果不是因为你忘恩负义,违抗她老人家教诲,为非作歹,她可以再活一百年!"

"你说得没错,我是忘恩负义了。那你准备怎样处置我呢? 小师妹?"江水娇话音里带着揶揄,还高傲地扬扬头。

释惠净出语铿锵、掷地有声地说:"自己戴上手铐,跟我到公安局去投案!"

说到江水娇,原是个无家可归的孤女,一天昏倒在紫云庵门前,老尼姑不但收留她,给她治好病,还教了她功夫。可是江水娇不甘清苦,难耐寂寞,反出师门,混入江湖,自以为有一身本领,横行无忌,违法乱纪,犯下了深重罪孽。老尼姑得知后痛悔不已,她为自己教出这样的不肖徒弟内疚,念念不忘为民除害,所以在自己百岁高龄时,决定把一身武艺传给释惠净,用自己的苦心与辛劳,来弥补自己的失察……

真是天大地大,冤家路窄,大师姐与小师妹,都没想到会在这儿相见。这时,江水娇和释惠净已经没有了言语沟通的可能,两个人都觉得只有在武艺上见高低,于是再次交手,各显本领,出尽奇招。一个师父教出来的两个徒弟,就像是一个饼印做出来的两个米饼,打出来的不是武功而是智慧。江水娇的一招一式沉稳老练,也更显歹毒狠辣;释惠净的一招一式灵巧敏捷,却显得稚嫩和缺乏临战的老练。两个人你来我往,闪展腾挪,凌空掠地,时而斗在一处,时而倏然分开,飞鸿翔凤、变化多姿,令人眼花缭乱。只见江水娇分开双掌,向释惠净前胸直拍过去,释惠净以同样姿态,分开双掌迎了上来,四只手掌一经交接,忽倏分开,各自往后倒退几步。看起来,释惠净的功力确实比江水娇略逊一筹,后退多了两步,身体晃动一下才站稳。江水娇一声叱喝,不让分毫,趁释惠净立脚未稳之时便腾空掠起,一招"饿鹰扑兔"直向释惠净头顶抓去。这一手要命杀着心狠手辣,饱藏功力,劲道十足,释惠净仓促之间只好避让,却哪儿躲得了,左肩已被江水娇的利爪抓着,迷彩警服给抓下一块,肩头顿时沁出了鲜血。

江水娇急于脱身,一招得利便毫不放松,瞬息之间,第二招又到,变抓为掌,"惊涛裂岸",直攻对方腰际。释惠净一着失手,似显惊惶,错步旋身,避过江水娇凌厉的一击,"哧"地反蹿而出,急奔十余米远。江水娇胜券在握,哪肯轻易放过到手的猎物,她大喝一声:"哪里跑!"拔足紧追而来。释惠净骤然停步,蹉身发力,腾空翻起,一个"鱼跃龙门"之势,竟然从急奔过来的江水娇头上掠过。江水娇没提防这一突变,急忙收步转身应敌,却是晚了半步。翻起空中的释惠净轻盈似燕,柳腰一摆,两条长腿在往下落地的瞬间连环踢出,"噼啪"两声脆响,全都踢在江水娇身上,这两脚虽然是在空中踢出,劲力不足,可也把个江水娇踢得跟跟跄跄,风车似的转了几个圈,差点儿趴到了地上。

"好呀,老秃尼竟然留下绝招,你今天让我开了眼界!"江水娇努力站稳脚跟,迅速拔出两把匕首,双手一扬,两道寒光直向释惠净胸前飞来。

距离只有十步开外的释惠净见两把匕首疾速飞来,不敢硬接,忙蹉身避过。就在释惠净蹉身躲避的一瞬间,江水娇一阵狂奔,跃上了黄飞留下来的那辆轻骑,打着了火企图逃窜。释惠净不敢急慢,随手捡起两块石头,向着已经起动的江水娇掷了过去,只听"通"一声,正中江水娇的后背,江水娇"呀"一声惨叫翻下车来,接连几个翻滚,躺在地上起不来了。

恶斗了半天的释惠净,看着江水娇从车上翻跌下来,向前走了几步,也软软地倒在地上,她的左肩胛受了伤,鲜血染红了半个衣袖,加上用力过度,江水娇一倒下,她也没有了力气。

这时候,江俊峰指挥的四部警车呼啸而来。原来江俊峰和吕凯明、黄飞、周华、二李汇合一起,截获了黑色小皇冠和双排座小货车,但只搜查到分散在车上的部分毒品,却没有发现毒枭江水娇和胜记,便沿着旧路赶了回来。

警车一停下,吕凯明打开车门跳下车,飞快地向释惠净奔了过来,拿出救急包为她包扎止血,然后抱起她向警车走去。七尺男儿的泪水,洒落在释惠净的脸上,释惠净慢慢睁开了眼睛,对吕凯明说:"老枪,快把江水娇抓起来⋯⋯"

这时候,江水娇,还有胜记,已经被黄飞和二李戴上了手铐!

释惠净舒心地笑了,她闭上眼睛,一个慈祥而又严厉的老尼姑出现在眼前,她默默地祝祷:"师父,你的嘱托我完成了!"

(李　玮)